Ihr persönliches Leseexemplar

Über Ihre Meinung freuen wir uns sehr.

Bitte schreiben Sie uns an
leseexemplar@harpercollins.de
Mit der Zitierung Ihrer Meinung
erklären Sie sich einverstanden.
Herzlichen Dank!

Unverkäufliches Leseexemplar
erscheint am 11. August 2025
Klappenbroschur
€ 15,00 [D] / € 15,50 [A]
ISBN 978-3-7488-0278-5

Wir bitten Sie, Rezensionen nicht vor
dem 11. August 2025 zu veröffentlichen.
Wir danken für Ihr Verständnis.

1000

Yorick Goldewijk

und

Zweifle nicht, zögere nicht,
hinterfrage nicht.

ich

Aus dem Niederländischen von
Sonja Fiedler-Tresp

dragonfly

1. Auflage 2025
Deutsche Erstausgabe

Valentinskamp 24 · 20354 Hamburg
info@harpercollins.de

Originaltitel: »Duizend & ik«
Erschienen bei © Uitgeverij Ploegsma, Amsterdam 2023
Übersetzt von: Sonja Fiedler-Tresp
Die Arbeit der Übersetzerin am vorliegenden Text wurde
vom Deutschen Übersetzerfonds gefördert.
Gesetzt aus der Franziska OT
von Simone Horlacher/HarperCollins
Druck und Bindung von CPI books GmbH, Leck
Printed in Germany · ISBN 978-3-7488-0278-5

www.dragonfly-verlag.de
Facebook: facebook.de/dragonflyverlag
Instagram: @dragonflyverlag

Druckprodukt mit finanziellem Klimabeitrag
ClimatePartner.com/15109-2009-1001
MIX Papier FSC® C083411

Für dich und für Nächte wie damals
auf der Plattform des alten Eisenbahnwaggons,
in einer Welt, in der es nur uns
und unsere Träume gab.

I

Anders

Immer wenn ich aus dem Fenster über die schneeweißen Türme von Surdus blicke, denke ich an Flucht. Und jedes Mal erschrecke ich mich aufs Neue bei diesem Gedanken. Versuche, ihn zu unterdrücken, vor lauter Angst, er könnte bemerkt werden. Aber so ganz verschwindet er nie, ein kleines Stück von ihm schlummert immer in meinem Hinterkopf weiter.

Zwischen den letzten Türmen in der Ferne ist gerade so der Wall zu erkennen, der wie ein weißer Ring rund um die Stadt liegt. Das Meer dahinter kann ich von meinem Fenster aus nicht sehen, und das ist wahrscheinlich auch besser so. Aber ich kann es riechen. Und manchmal kann ich es hören.

In der Ferne schlägt die Uhr zum zweiten Mal. Der Klang bleibt zwischen den Türmen hängen wie Nebel. Aus dem Lautsprecher in der Wand über meinem Bett ertönt Evis Stimme. *Zweiter Schlag, 8. Kalibrierung im Terminal.*

»Danke«, sage ich.

Wer bist du?, fragt Evi.

Weil ich nicht anders sein will, sage ich: »Ich bin eine Unbeseelte. Ich habe keinen Wert. Mein Dasein hat seinen Sinn im Dienst für die Beseelten. Ich bin nichts.«

Daher fügen wir uns unseren beseelten Meistern, sagt Evi.

Ich nicke in Richtung Wand und bemühe mich, Dankbarkeit zu empfinden. Evi sorgt dafür, dass ich auf dem richtigen Weg bleibe und keine Abtrünnige werde. Ich weiß, was mit den Abtrünnigen passiert. Ich habe es schon öfter gesehen. Das letzte Mal erst vor ein paar Tagen. Abtrünnige werden beendet.

»Danke«, sage ich noch einmal.

Aber manchmal, wenn ich nicht aufpasse, lasse ich meine Hände über mein Gesicht streichen. Dann tasten meine Fingerspitzen alles ab, die Haut und die Knochen darunter. Sie fahren mein Jochbein nach, den Nasenflügel, die Lippen: eine unbegreifliche Masse lebender Materie. Es fühlt sich für mich an, als würde ich mit jeder Zelle meines Körpers unmittelbar verbunden sein, als würde ich der Energie, die durch meine Nervenbahnen schießt, nachspüren. Manchmal starre ich bewegungslos auf die weiße Wand und habe stärker als je zuvor ein Gefühl von *sein.* Ich bin nicht nichts, denke ich dann. Und erschrecke sofort über diesen abtrünnigen Gedanken und schwöre mir, mein Gesicht nicht noch einmal zu berühren.

Und trotzdem tue ich es wieder.

Der dritte Schlag ertönt. Ich drehe mich um und trete aus meiner Wohnzelle heraus, laufe durch den dunklen Gang und ins Treppenhaus. Das Geräusch meiner Schritte auf dem Beton hallt von den Wänden wider. Ich steige dreißig Stockwerke nach unten zum Ausgang, öffne das eiserne Tor und trete hinaus auf die Promenade.

Hör zu, sei gehorsam, folge.

Zweifle nicht, zögere nicht, hinterfrage nicht.

Sei hilfreich und ergeben.

Unterwirf dich dem Willen der Beseelten.

Die Prinzipien. Endlos wiederholt, Tag und Nacht.

Für einen Moment fühle ich den Wind über meine Fingerspitzen streichen. Dann ist das Gefühl wieder verschwunden, und ich fühle nichts, genauso, wie es sich gehört, genauso, wie ich es will. Ich richte den Blick zu Boden und folge der Promenade in Richtung Bahnhof. Erst als ich neben mir eine Bewegung wahrnehme, bemerke ich, dass ich schon zwischen den anderen laufe. Alle sind genau wie ich, alle laufen mit dem Blick zum Boden, alle im Gleichschritt.

Von oben erklingt das bedrohliche Surren der Seher. Ich nehme sie aus dem Augenwinkel wahr: ihre scharfkantige, eckige Form, die tiefschwarze Haut, ihre beängstigende Wendigkeit, die allen Naturgesetzen trotzt. Und ihr glänzendes Auge, genau in der Mitte, mit diesem Blick, der sich direkt in meinen Kopf hineinzubohren scheint. Auf der Suche nach Abweichungen in mir.

Obwohl ich genau weiß, dass absolut nichts der Aufmerksamkeit der Seher entgeht, stelle ich mich wieder auf die

Zehenspitzen und lasse den Blick über die Tausenden identischen Haarschöpfe schweifen. Jedes Mal hoffe ich, dass auch eine der anderen aufschaut, dass ein Blick meinen kreuzt – auch wenn ich weiß, dass das niemals geschehen wird. Auch jetzt nicht. Die Haarschöpfe wiegen sich im immer gleichen Rhythmus über die Promenade, Tag für Tag. Wie ein massives, totes Meer.

Ich brauche zwanzig Minuten zu Fuß bis zum Bahnhof, und jedes Mal hoffe ich, dass ich nichts fühle, dass ich genau wie die anderen ungerührt den Weg hinter mich bringen kann, den Blick zum Boden gerichtet, kein bisschen abtrünnig. Aber das schaffe ich so gut wie nie. Es reicht ein Sonnenstrahl, der zwischen den Türmen hindurchdringt und auf mein Gesicht fällt, und schon ist es um mich geschehen. Dann schließe ich die Augen und stelle mir vor, ich würde auf dem Licht schweben, als wäre ich schwerelos. Manchmal ist mir, als könne ich das Meer riechen und als würden meine Gedanken durch den Beton hindurch über den Wall gezogen, wo sie über den Wellen hängen bleiben und ich sie unter keinen Umständen mehr zurückholen kann. Manchmal werde ich von dem Gefühl überfallen, dass ich ganz woanders bin, dass ich irgendwo allein jenseits von Zeit und Raum herumschwebe, während hier auf der Promenade zwischen den Tausenden anderen meine Hülle seelenlos weiterschlurft.

»Nicht abschweifen, Dummkopf«, murmele ich mir selbst zu. Und höre über mir bereits das Surren der Seher.

Warum kann ich nicht einfach so sein wie die anderen? So wie ich sein sollte? Warum kostet es mich oft so viel Mühe, Dinge auf sich beruhen zu lassen? Mühe zu haben, etwas zu *tun* - okay. Aber es zu *lassen*? Das kann doch nicht so schwer sein?

Die Promenade ist von Dutzenden von Wohntürmen gesäumt, alle weiß und glänzend in der Sonne, genau wie meiner. Aus diesen Wohntürmen treten nach und nach die anderen heraus und schließen sich an. Ohne zu drängeln, ohne zu zögern, im Gleichschritt. Sie sind schon immer da gewesen, genau wie die Türme, der Wall. Tausende von ihnen, alle in ihren eigenen Wohnzellen, alle genau wie ich, dieselben Gesichter, dieselben Haare, dieselben weißen Kleider. Niemand von ihnen spricht jemals ein einziges Wort. Nicht mit mir, nicht mit den anderen. Es ist keine dabei, die aufsieht oder eine andere ansieht.

Mich ansieht.

Immer wenn in der Ferne der Bahnhof mit seinem mächtigen gewölbten Dach auftaucht, muss ich an den Rippenbogen eines Riesenwalfischs denken. Und dann frage ich mich: Ein Wal, 8? Wie kommst du darauf? Hast du etwa jemals einen Wal gesehen?

Nein, habe ich nicht, denke ich. Und trotzdem habe ich diese Gedanken. Ich habe mich schon oft gefragt, woher das Bild kommt und die vielen anderen Bilder, die ich im Kopf habe. Bilder von Dingen, die so echt und so detailliert wirken. Aber wenn ich in meinen Gedanken tiefer nach ihrer Herkunft wühle, stoße ich auf nichts - auf Leere. Und dann überfällt mich eine Angst, die mir so den Atem raubt, dass ich auf der Stelle aufhöre zu wühlen.

Unter dem Rippenbogen des Wals liegt ein Netzwerk aus Stahltreppen und Zwischenebenen, die zu den Bahnsteigen führen. Ich finde den Weg zu meinem Bahnsteig in der Masse problemlos, steige Treppen hoch und runter, ohne eine der anderen auch nur für einen winzigen Moment zu berühren. Das Geräusch von Zügen, die abfahren und bremsen, ist zu hören, das Zischen der auf- und zugehenden Zugtüren, die Tausenden Schritte auf Stein und Metall, die alle fast im Gleichschritt gehen. Aber es wird nicht gesprochen, nicht gehüstelt, nicht gelacht. Alle schweigen.

Auf dem Gleis wartet mein Zug. Als sich die Türen öffnen, steige ich ein und nehme auf einem der Kunststoffsitze am Fenster Platz. Der Zug setzt sich in Bewegung, und auch meine Gedanken nehmen Fahrt auf.

Die anderen starren fest auf ihre Knie, und ich mache es genau wie sie, schaffe es aber nicht, zu ignorieren, dass da draußen eine Stadt an mir vorbeizieht, eine Stadt unter blauem Himmel im Sonnenschein. Ich glaube, ich bin die Einzige, die das nicht ignorieren kann, und ich weiß, dass es nie gut ist, die Einzige zu sein, denn wenn du die Einzige bist, bist du etwas. Und wenn du etwas bist, dann willst du etwas, dann wirst du träumen, denken, zweifeln.

Aus den Lautsprechern in der Decke erklingt Evis Stimme. Sie trägt die Prinzipien vor, wieder und wieder und wieder.

Hör zu, sei gehorsam, folge.

Zweifle nicht, zögere nicht, hinterfrage nicht.

Sei hilfreich und ergeben.

Unterwirf dich dem Willen der Beseelten.

Ich bin dankbar dafür, denn die Worte geben mir Struktur. Sie halten mich davon ab, das Gesicht zum Fenster zu drehen. Als der Zug an eine Steigung kommt, weiß ich genau, wo ich bin. Die Sonne steht noch tief und flackert zwischen den Türmen wie pulsierendes Licht. Aber ich sehe sie aus dem Augenwinkel, wenn ich ganz genau darauf achte, was ich eigentlich versuche zu *vermeiden*. Mit jedem Lichtstrahl blitzt sie kurz hinter den Gebäuden auf. Und gleichzeitig direkt über dem Wall: kleine Stückchen blaugraues Meer.

Hör zu, sei gehorsam, folge.

Zweifle nicht, zögere nicht, hinterfrage nicht.

Sei hilfreich und ergeben.

Unterwirf dich dem Willen der Beseelten, erklingt es immer noch ohne Unterlass.

»Evi, betäub mich«, flüstere ich. Aber ein verträumtes Lächeln auf den Lippen kann ich trotzdem nicht unterdrücken.

Kalibrierung

Jeden Morgen, wenn der Zug am Großen Platz vor dem Terminal zum Stehen kommt und ich mit den anderen aussteige, spähe ich zur Spitze des Gebäudes hinauf. Während die anderen fest geradeaus schauen, wandert mein Blick für einen Moment zum Himmel, wo der Terminal wie ein gigantisch aufragender weißer Steinblock die Luft in zwei Teile spaltet. Aber nach oben hin scheint der Bau unendlich zu sein. Es ist schlicht keine Spitze zu sehen. Auch hier hallen die Prinzipien über uns hinweg. Noch viel auffälliger ist aber das Surren der Seher.

»Bleib ruhig, 8«, flüstere ich mir selber zu. Ich bin viel zu wach, viel zu lebendig. Und die Seher merken alles. Es ist gar nicht lange her, dass auf dem Großen Platz eine der anderen beendet wurde. Soweit ich weiß, geschieht es immer dort, wo jede andere es mitbekommt. Eine öffentliche Hinrichtung, die mit sicherer Regelmäßigkeit wiederholt wird, als Mahnung für uns alle. Beim letzten Mal war ich gerade aus dem Zug gestiegen. Der Große Platz war voll und plötzlich – mitten in den Prinzipien – schwiegen die Lautsprecher. Evis Stimme sprach auf einmal direkt zu uns:

Es gibt zwei Wege, Surdus zu verlassen. Sei gehorsam und folgsam und selbstlos. Sei niemand. Dann bist du eines Tages bereit für die Überfahrt. Ein sinnvolles Dasein im Dienste der Beseelten wird deine Zukunft sein. Abtrünnige hingegen erwartet nur das Los des Vergessens. In diesem Moment ist eine Abtrünnige unter euch. Die Seher werden sie aufspüren, und sobald sie gefunden ist, werden sie ihre Beendigungsprozedur in Gang setzen. Es ist Pflicht, während der gesamten Prozedur zuzuschauen. Ihr Los möge euch allen eine Warnung sein.

Die Seher sammelten sich am Rande des Großen Platzes. Wir alle traten lautlos einen Schritt zurück und bildeten einen großen Kreis. Eine von uns blieb in der Mitte zurück, wie erstarrt. Sie saß zusammengesunken da und streckte den Sehern die Hände entgegen, als ob sie sich schützen wollte. In diesem Moment wurde ich von einer großen Traurigkeit überspült, gegen die ich nicht ankam. Natürlich wollte ich das nicht, denn Trauer zu spüren, ist ein großes Übel. Schon allein deshalb hätte ich an ihrer Stelle stehen müssen. Und außerdem war sie eine Abtrünnige und verdiente ihre Beendigung. Trotzdem spürte ich diese Traurigkeit in mir aufsteigen. Zum Glück hat es mir niemand angemerkt. Mit trockenen Augen starrte ich auf die Abtrünnige, so wie es sich gehört. Ich wandte den Blick nicht noch einmal ab, ich bekam alles ganz genau mit.

Zuerst wirkte sie ein bisschen unscharf, so als ob ich morgens aus dem Tiefschlaf erwachen und als Allererstes sie sehen würde. Aber schon nach wenigen Sekunden hatte sich alles, was sie ausmachte, zu einer abstrakten grauen Fläche verwaschen. Dann war dort nur noch die leere Straße, und meine Trauer verwandelte sich in Angst. Angst vor dem, was in mir vorging. Vor dem sinnlosen Tagtraum, den ich immer häufiger zuließ. Vor falschen Gedanken, die sich in meinem Kopf breitgemacht hatten.

Mir ist bewusst, dass die Seher auch jetzt da sind, sie kreisen über dem Großen Platz, und mir ist, als ob sie kurz über mir verharren, als ob sie spüren, dass mit mir etwas nicht in Ordnung ist. Ich bringe alle Gedanken in meinem Kopf zum Schweigen und laufe, so sittsam ich kann, zwischen den anderen zum Eingang des Terminals.

Oft denke ich an Evis Worte auf dem Großen Platz: *Ein sinnvolles Dasein im Dienste der Beseelten wird deine Zukunft sein.* Ich versuche dann, mir genau das vorzustellen. Die Beseelten ähneln uns, soviel weiß ich. Sie leben in Städten, die wie Surdus aussehen. Ich weiß auch, dass sie miteinander reden und sich ansehen. Dass sie lachen und weinen und streiten. Dass sie sich durch Gefühle leiten lassen. Dass dies ihre Kraft, aber auch ihre Schwäche ist. Dass Evi versucht, uns genau das abzugewöhnen. Und dass ich das nicht wirklich schaffe, das weiß ich auch.

Immer wenn ich den Terminal betrete, wird mir schwindelig. Die Wände sind so perfekt gleichmäßig weiß, dass ich nicht erkennen kann, wie groß er wirklich ist. Jedes Gefühl für Raum scheint zu schwinden. Ich schwanke kurz, wie so oft. Soweit ich weiß, schwanken die anderen nie, sondern laufen ungerührt weiter. Wenn ich den Blick nach oben richte, ist es, als würde ich in die Unendlichkeit schauen. Die Wände scheinen endlos weiterzugehen, bis sie sich irgendwo im Weiß verlieren. Sobald ich hier drinnen bin, fühle ich mich unbehaglich und nackt. Als ob sich irgendwo dort oben etwas versteckt hält, das mich anschaut. Das mich beobachtet und beurteilt und versucht, in mich einzudringen. Und ich weiß, dass es gleich noch schlimmer werden wird, viel schlimmer.

Wie immer versuche ich, mich über mein Unbehagen hinwegzusetzen und mich, ohne groß nachzudenken, vom Strom der anderen mitziehen zu lassen. Vor mir, mitten im Terminal, liegt das Labyrinth der tausend Kammern, in denen irgendwo der Rest des Tages auf mich wartet.

Den Weg zu meiner Kammer finde ich natürlich problemlos. An ihrer Tür steht in dicker schwarzer Tinte mein Name: 8. Ich gehe hinein und nehme auf meinem Hocker Platz. Die weißen Wände um mich herum sind dünn und reichen mir etwa bis zur Stirn, über mir ist das unendliche Weiß des Terminals und vor mir der Bildschirm.

Der vierte Schlag ertönt. Auf dem Bildschirm erscheint ein schwarzes Viereck. Darunter die Frage: *Ist dieses Viereck schwarz oder weiß*? Ich tippe auf *schwarz*. Aus den Kammern um mich herum höre ich das Geräusch von Tausenden von Fingern, die auf Bildschirme tippen. Der Tag hat begonnen.

Das nächste Bild ist eine Flasche. Die Frage: *Ist das eine Flasche oder eine Katze?* Ich tippe auf *Flasche*.

Ein Kreis: *Ist das ein Kreis oder ein Sechseck?* Kreis.

Wie viele dieser Fragen wohl an einem einzigen Tag an mir vorüberziehen? Tausende, vielleicht sogar Zehntausende. *Ist das ein Dreieck oder ein Viereck?* Viereck. *Hat der Tisch drei oder vier Beine?* Vier. *Ist die Vase rot oder grau? Sind das zwei oder drei Punkte? Ist das eine Sechs oder eine Sieben?*

Noch nie musste ich über eine Frage nachdenken. Jede Antwort ist so eindeutig, dass es unmöglich ist, sich zu irren. Darüber habe ich mich schon manches Mal gewundert. Eine Zeit lang habe ich erwartet, dass die Fragen langsam, aber sicher schwieriger würden, dass ich konzentriert bleiben muss, dass dies ein Test meiner Fähigkeiten ist. Aber es ist kein Test. Die Antworten bleiben immer gleich eindeutig, jeden Tag aufs Neue. Ich glaube, inzwischen weiß ich auch, warum. Natürlich sind die Antworten eindeutig. Natürlich dient das Antippen der richtigen Antwort keinem bestimmten Zweck. Aber es jeden Tag wieder gehorsam aufs Neue anzugehen – das ist der Test. Das ist der richtige Weg.

Die Prinzipien zu hören, ist eine Sache, aber sie zu leben eine andere.

Also haste ich eifrig durch die Fragen und hoffe, dass mein Eifer auch auffällt. Jedes richtige Tippen bringt mich näher zur Überfahrt, da bin ich sicher. Zu einem sinnerfüllten Dasein auf der anderen Seite des Meeres, hinter dem Wall. Jede

Zelle meines Körpers ist auf dieses Ziel hin ausgerichtet. Und ohne meine störenden Tagträume wäre ich schon längst bereit dafür.

Unwillkürlich wandert mein Blick vom Bildschirm nach oben, ins Weiß. Es kommt mir von Tag zu Tag schlimmer vor, jeden Tag scheint irgendetwas von dort oben tiefer in mich einzudringen. Etwas, was nicht zu mir gehört, das einfach in meinen Kopf hineinkriecht, während ich Bildschirm für Bildschirm auf die richtigen Antworten tippe. Mir ist klar, dass ich mich beugen sollte, dass es falsch ist, mich zu wehren, aber es macht mich krank. Ich spüre, wie es meine Poren durchdringt, von innen an meinem Kopf entlangreibt, mir ins Herz und in die Knochen sticht. Etwas, das brennt und reinigt.

Etwas, das zuhört.

»Ich bin nichts«, flüstere ich, in der Hoffnung, diesem Etwas damit zu gefallen, während ich verzweifelt weiter die richtigen Antworten antippe und versuche, mein Unbehagen wegzudrücken. »Ich will nichts und finde nichts.«

Ich lasse alles in mir geschehen. Ich tippe und tippe und tippe, *vorne, links, blau, zwei, oben, rechts, offen, rosa, kleiner,* während das endlose Weiß des Terminals jede Zelle meines Körpers durchdringt, bis nichts mehr von mir übrig bleibt als mein Finger auf dem Bildschirm, meine korrekten, schnellen Antworten, bis ich nichts mehr fühle als Hingabe.

Ich bin auf dem richtigen Weg. Jedenfalls in diesem Moment.

Als würde jemand eine Glasglocke von der Welt abheben,

füllt sie sich plötzlich wieder mit Raum und Luft. Aus der Ferne ertönt der fünfte Schlag, und um mich herum höre ich tausendfaches Seufzen, gefolgt vom Scharren von Tausenden von Füßen. Der Tag ist um. Ich bin so müde, dass ich mich am liebsten an Ort und Stelle auf den Boden legen würde, aber trotzdem stehe ich auf, verlasse meine Kammer und schlurfe zum Ausgang, hinaus aus dem Terminal und auf den Großen Platz, wo es inzwischen dämmerig geworden ist.

Als ich im Zug sitze und spüre, wie er sich in Bewegung setzt, starre ich fest auf meine Knie. Aber meine Hingabe scheint mit jedem Atemzug mehr zu verdunsten. Ich bin nicht nichts – noch immer nicht, erkenne ich. Und ich will nicht nichts und ich finde nicht nichts. Und ich zweifle schon wieder an allem, sosehr ich auch dagegen ankämpfe. Ich seufze meine Lunge über die Köpfe der anderen hinweg leer, während mein Blick schon wieder zum Fenster wandert.

Und auf einmal sehe ich dir direkt in die Augen.

Wiederholung

Zuerst dachte ich, ich würde mein eigenes Spiegelbild sehen, aber dann bemerkte ich das Lächeln auf deinen Lippen, das auf meinen fehlte. Ich drehte den Blick vom Fenster weg, zurück ins Zugabteil. Ich war mir sicher, dass du dort saßest, direkt am Fenster gegenüber, und dass ich noch einen Rest vom Lächeln auf deinen Lippen erhaschen konnte. Aber dieser Rest war schon gewichen, und du sahst auch nicht mehr auf, den ganzen Rückweg nicht. Dein Blick blieb fest auf den Boden gerichtet, genau wie bei allen anderen, genau wie es sich gehört. Und als der Zug am Bahnhof hielt, standst du mit allen anderen auf und warst in Sekundenschnelle in der Masse verschwunden.

Auf dem gesamten Rückweg suchte ich dich. Das Surren der Seher ertönte ununterbrochen über mir, doch trotzdem wagte ich es, mich immer wieder hochzurecken und den Blick über die Menge schweifen zu lassen. Mein Herz klopfte so schnell, dass es aus dem Brustkasten herauszuplatzen schien.

Aber gefunden habe ich dich nicht.

Und jetzt stehe ich vor meinem Wohnturm und warte im Schatten des Tores, während die anderen nach und nach in ihren Wohntürmen verschwinden, bis die Promenade leer ist. Niemand bleibt zurück, auch du nicht. Nur ich mit meinem galoppierenden Herzen. Evis Stimme schallt allein für mich aus Hunderten von Lautsprechern.

Habe ich es mir eingebildet? War es doch mein Spiegelbild? Mein eigener Blick? Mein eigenes Lächeln? Ich bin mir zwar sicher, dass es nicht so war, aber wo bist du dann jetzt?

Ich wage es nicht länger als eine Minute, stehen zu bleiben und mich umzusehen, dann drehe ich mich um und haste mit meinen müden Beinen die dreißig Stockwerke hinauf.

Die Lampe in meiner Wohnzelle wirft kaltes grünweißes Licht auf mein Bett, den Boden, die Wände. Ich lasse mich sofort aufs Bett fallen. Als mein Kopf das Kissen berührt, ertönt der sechste Schlag. Noch immer geisterst du durch meine Gedanken. Dieser Moment – höchstens eine Sekunde –, als du mir direkt in die Augen geschaut hast. Diese Erkenntnis, dass zwischen all den anderen, die alle genau gleich sind und mich nie direkt anschauen, jemand ist, der so ist wie ich. Ich schaue zum Lautsprecher an der Wand. Ob Evi hören kann, wie mein Herz klopft? Ob sie das lächerliche Grinsen in meinem Gesicht sehen kann?

Garantiert nicht, sage ich still zu mir selbst. Aber natürlich wird sie irgendwann meine ganze Grübelei und die Zweifel und die Gedanken bemerken.

Und das wird mein Ende bedeuten. Keine Überfahrt. Kein Dasein auf der anderen Seite des Meeres.

Als ich beim ersten Schlag erwache, bist du das Erste, woran ich denke. Ich setze mich auf und hab immer noch dieses lächerliche Grinsen im Gesicht. Während ich auf der Bettkante warte, frage ich mich kurz, ob ich vielleicht doch alles nur geträumt habe.

Zweiter Schlag, 8. Kalibrierung im Terminal.

»Danke.«

Nein, nein, ich habe das ganz gewiss nicht geträumt. Du warst du, du hast mich gesehen. Kein Traum.

Wer bist du?

»Ich bin eine Unbeseelte. Ich habe keinen Wert. Mein Dasein hat seinen Sinn im Dienst für die Beseelten. Ich bin nichts.«

Daher fügen wir uns unseren beseelten Meistern.

Der dritte Schlag ertönt. Ich stehe auf, steige die Treppe hinab und trete hinaus, und der Morgen scheint mehr Farbe zu haben als sonst. Alles fühlt sich schärfer, greller, bedeutungsvoller an. Aus lauter Angst aufzufallen versuche ich, besonders ruhig zu bleiben. Aber auf der Promenade schaffe ich es keine Sekunde, den Blick auf den Boden zu richten. Bei jedem Schritt strecke ich mich und suche dich zwischen den anderen.

Die Menge ist genauso wie an jedem Tag. Und du bist

nirgends zu sehen. Nicht auf der Promenade, nicht im Zug, nicht auf dem Großen Platz, nicht im Terminal, nicht auf dem Rückweg. Und als ich abends todmüde am Eingang meines Wohnturms zurückbleibe, bin ich allein. Die Promenade ist verlassen, abgesehen von ein paar Sehern in der Ferne.

Die Tage wiederholen sich.

Umgeben von den starren Körpern der anderen und Evis Prinzipien, lege ich jeden Tag aufs Neue den Weg über die Promenade zurück.

Und jeden Tag bist du nicht da. Einmal glaube ich, unterwegs einen Vogel zu sehen, aber später, als der Vogel schon längst wieder verschwunden ist, beschließe ich, dass ich ihn mir wohl doch eingebildet habe. Wenn ich an Vögel denke, sehe ich Dutzende Bilder vor mir: einen weißen Albatros kilometerhoch über dem Meer, eine Gänseformation, die der Sonne entgegenfliegt, ein Schwarm Stare, der wie ein Klumpen schwarze Erde am Himmel auseinanderbricht.

Aber genauso wenig wie einen Riesenwal habe ich je einen Vogel gesehen.

Und vielleicht habe ich auch *dich* nie gesehen. Vielleicht warst auch du nur eine Einbildung. Und vielleicht ist das auch besser so. Mit jedem Tag, an dem ich dich nicht finde, bin ich mehr davon überzeugt, dass ich dich gar nicht finden *will*. Dass ich ganz sicher nicht auf jemanden warte, der mich noch weiter vom richtigen Weg abbringt. Wenn du echt wärst, wärst du garantiert eine Abtrünnige. Und mit Abtrünnigen will ich nichts zu tun haben.

Die Tage wiederholen sich.

Im Zug sind die anderen, so wie immer. Sie starren auf ihre Knie, so wie immer.

Auch das Sonnenlicht ist da, blitzt zwischen den Gebäuden hindurch, genau wie das Glitzern des Meeres in meinen Augenwinkeln. Die verfluchten Nadelstiche, die ich in meinem Herz spüre, wenn ich darauf achte.

Jeden Tag aufs Neue.

Der Schwindel, wenn ich den Terminal betrete. Das Unbehagen, das von irgendwo dort oben im Weiß auf mich herunterfällt.

Das Labyrinth aus Gängen, die Tür mit meinem Namen.

Meine Kammer, der Bildschirm.

Der vierte Schlag.

Ein Krug mit einem Henkel.

Ein orangefarbenes Rad.

Ein Baum mit vier Ästen.

Ein Viereck und kein Dreieck.

Eine Vier und keine Drei.

Ein Punkt und kein Strich.

Das Eindringen und Lauschen.

Die Quälerei. Das Einssein im Weiß. Der richtige Weg. Ganz kurz.

Der fünfte Schlag.

Die Erschöpfung danach, die Zugreise durch den Abend.

Sechster Schlag.

Ins Bett und schlafen.

Noch mal.

Und noch mal.

Und das Einzige, was sich ändert, ist, dass ich immer weniger so bin wie die anderen und immer mehr 8. Sosehr ich es auch versuche, ich spüre das Sonnenlicht weiter auf dem Gesicht, sehe das Meer jedes Mal aus dem Augenwinkel.

Und ich gebe es zu, Abtrünnige: Ich suche doch weiter nach dir.

Kornfeld

Und dann sehe ich dich. Eines Abends, als ich wieder am Eingang stehe und darauf warte, dass sich die Promenade leert, sehe ich, wie gegenüber jemand im Dunkeln zwischen zwei Wohntürmen verschwindet. Das kannst nur du sein. Etwas Weißes. Ein Ärmel. *Dein* Ärmel.

Bevor ich nachdenken kann, habe ich schon die Promenade überquert und bin in das Dunkel zwischen den Türmen getreten. Habe ich dich dahinten gerade um die Ecke verschwinden sehen? Ich blicke zum Eingang meines Wohnturms zurück. Denke an die dreißig Stockwerke, die ich jetzt hochsteigen müsste, an die Tür zu meiner Wohnzelle, durch die ich hineingehen müsste. An den sechsten Schlag, der bald erklingen wird. An mein Bett, in dem ich dann liegen sollte.

»Abtrünnige«, zische ich mir selbst zu, richte aber den Blick wieder ins Dunkel. Und dann renne ich los, dir nach, zwischen den Türmen hindurch, um die Ecke. Ich lande auf einem schmalen Pfad zwischen den Türmen an der Promenade und den Gebäuden dahinter. Für einen Moment zögere ich. Spitze die Ohren. Keine Seher. Aus den Lautsprechern an der Promenade höre ich Evi unermüdlich die Prinzipien herunterbeten. Und ein Stück entfernt im Dunkeln glaube ich, Schritte zu hören. Deine Schritte. Ich laufe in die Richtung, aus der das Geräusch kommt, biege ab und renne eine Weile weiter. Evis Stimme verschwimmt immer mehr im Hintergrund, während ich mich tiefer und tiefer in dem Labyrinth aus Wegen zwischen den Türmen verliere. Wenn ich an eine Kreuzung komme, zögere ich kurz, bevor ich mich für eine Richtung entscheide, und erst als ich so weit von der Promenade entfernt bin, dass ich Evis Stimme nicht mehr hören kann, halte ich inne.

Mitten auf einer breiten Straße bleibe ich stehen. Ich habe keine Ahnung, wo du bist oder wo ich selbst bin, und am liebsten würde ich mich selbst treten, so wütend macht mich all das. Was habe ich mir nur dabei gedacht? Ich bin einem weißen Ärmel nachgejagt … Wer sagt denn, dass du das warst? Wie komme ich bloß darauf? Wer sagt, dass ich es mir nicht eingebildet habe, so wie ich mir auch sonst alles Mögliche einbilde?

Ich spähe in den Himmel, aber er ist zum Glück leer.

Eine Weile starre ich ratlos ins Dunkle, bis mich ein stechendes Gefühl von Leere überfällt. Das passiert mir in letzter Zeit immer öfter, auch wenn ich mitten zwischen den anderen stehe. Eigentlich weiß ich genau, was das ist, aber ich weigere mich, es mir einzugestehen. Ich darf es nicht fühlen, und es würde mich nur weiter vom richtigen Weg abbringen.

Die Kälte der Nacht frisst sich durch meine Kleider. Ich muss zurück, denke ich. Ich muss die Promenade wiederfinden. Das alles hier ist lächerlich und gefährlich und hat überhaupt keinen Sinn. Und es widerspricht allem, für das ich mich mein ganzes Dasein lang so angestrengt habe.

»Du musst zurück, 8«, sagte ich laut, und es fühlt sich gut an, in dieser schwarzen Welt meine Stimme zu hören. Eigentlich sollte ich in Panik geraten, aber als ich von ganz weit weg den sechsten Schlag höre, fühle ich seltsamerweise Erleichterung. Und dann sehe ich in der Ferne hinter einem der Türme einen Lichtschein.

»Du musst zurück, 8«, sage ich noch einmal. Aber mein Blick bleibt auf das Licht gerichtet, und ich kann nicht anders, ich gehe darauf zu.

»Evi, betäub mich«, flüstere ich. Aber eigentlich meine ich das gar nicht wirklich. Evi kann mir gestohlen bleiben, das ist das, was ich wirklich denke – so schockierend ich es auch finde. In mir ist ein seltsames Verlangen entbrannt, meine Beine bewegen sich wie von selbst auf das Licht zu, bis sie rennen und ich nicht mehr auf den Himmel achte, auf Geräusche, nicht einmal auf Spuren von dir. Ich laufe einfach nur die Straße entlang, um die Ecke. Und dann stehe ich plötzlich in einer Pfütze aus grellgelbem Licht.

Es scheint auf die Straße und auf die Wand eines Turms. Anders als die Fassaden der anderen Gebäude in Surdus ist diese Wand nicht einfach nur weiß. Sie ist von oben bis unten mit einem Wandgemälde bedeckt, so deutlich und mit so hellen Farben gezeichnet, dass es mir vorkommt, als würde ich wirklich davorstehen: vor einem Kornfeld am Hang eines Hügels, das in Sonnenlicht getaucht ist. Ich kann sehen, wie der Wind hindurchweht und Wellen schafft in einem Meer aus Gold. Ich habe das Gefühl, jeden einzelnen Halm anfassen zu können, die Wärme der Sonne auf der Haut zu spüren. Auf halbem Weg den Hügel hinauf, die Halme bis zu den Hüften, sind zwei Mädchen zu sehen. Sie halten sich an den Händen und laufen zusammen durch das Kornfeld der Sonne entgegen.

Ich starre sehr lange auf das Wandgemälde, ohne mich zu rühren. Mein Kopf ist von einer ungewohnten Leichtigkeit erfüllt. Als ob irgendwo in meinem Gehirn eine Öffnung entstanden ist, hinter der noch viel mehr Raum ist. Als ob ich mein Dasein bisher in einem Schrank gefristet hätte und plötzlich die Tür aufgeht. Mein ganzer Körper strotzt vor Energie. Der richtige Weg, die Prinzipien und die Überfahrt erscheinen mir plötzlich beschränkt und unwichtig.

Eigentlich will ich das nicht, glaubst du mir das? Ich will keine Abtrünnige sein. Aber es ist zu stark. Was, wenn mein Dasein *mehr* sein könnte als die Schufterei für die Überfahrt, *mehr,* als bis zum Lebensende im Dienst der Beseelten zu stehen?

Hast du das Bild auch gesehen? Warst du auf dem Weg hierher?

Ich rufe mich nicht einmal mehr zur Ordnung. Während ich meine Abtrünnigen-Gedanken ganz und gar frei denke, geht die Nacht vorbei wie ein Wimpernschlag, und noch immer kann ich mich nicht von dem Bild losreißen. Es ist, als ob alles, was ich bin, und alles, was ich je sein werde, in diesem einen Gemälde zusammengefasst ist. Und immer wenn ich gerade denke, dass ich es jetzt fast benennen kann, dass ich es in Worten oder Farben oder einer Form erfassen kann, entwischt es mir wieder und wird ein kleines bisschen weniger greifbar. Und ich kann nicht anders, als an dich und mich zu denken, Hand in Hand, genau wie die beiden in der Sonne im Kornfeld.

Versprechen

Ein Schatten schreckt mich auf. Grauer Abendhimmel erstreckt sich über mir. Und dort am Himmel schwebt plötzlich ein Seher.

Sofort schnelle ich zurück in meine Zwangsjacke, fassungslos über die Unbesonnenheit, die von mir Besitz ergriffen hat. Der Seher ist noch gut zwei Türme von mir entfernt, doch ich spüre schon die Energie, die von ihm ausgeht, als wäre er ein Magnet, der mich abstößt und zu Boden drückt.

So schnell ich kann, verdrücke ich mich in einen schmalen Durchgang zwischen zwei Türmen, wo ich zusammengekrümmt im Schatten hocken bleibe. Der Seher kommt näher und verharrt kurz vor dem Wandbild, genau dort, wo ich eben selbst noch stand und es angestarrt habe. Ist er auf der Suche nach mir? Wird er meine Spur finden?

Als ob er meine Gedanken hören kann, richtet er jetzt

den Blick auf die Schatten, in denen ich mich verstecke. Bewegungslos verharrt er in der Luft, und sein monotones Surren scheint vor allem eins zeigen zu wollen: dass er unendlich viel mehr Geduld hat als ich. Ich habe *keine* Geduld. Das fahle Morgenlicht wird heller, die Zeit tickt weiter, und jeden Moment kann der erste Gongschlag ertönen. Evi wird in meiner Wohnzelle auf Antwort warten. Und ich muss dort sein, um sie ihr zu geben.

Wie konnte ich nur die ganze Nacht auf das Kornfeld starren? Wie ist es möglich, dass auf einmal schon wieder Morgen ist?

Den Blick auf den Seher gerichtet, schleiche ich, so leise und langsam wie ich kann, rückwärts, tiefer in die Dunkelheit hinein. Vor lauter Anspannung, die meinen Kopf erfüllt, kann ich das Surren des Sehers kaum noch hören, schaffe es aber, mich kontrolliert und geräuschlos zu bewegen. Ich muss an die Abtrünnige denken, die auf dem Großen Platz beendet wurde, daran, wie sie nach und nach verschwunden ist, wie hilflos sie war, als es geschah, wie sie keinen Ton von sich gegeben hat, nur die Hände in die Luft gehoben. Und auf einmal spüre ich Wut in mir aufkommen. Wut auf mich selbst. Warum habe ich es so weit kommen lassen? Was treibe ich hier? Ich will doch nicht beendet werden! Was sollen all die Träumerei und die Grübeleien, was bringt mir das? Was soll das Ganze mit dir und dieser einen dummen Sekunde, in der du mich angeschaut hast? Und was jetzt? Du bist nicht da. Du bist nie da gewesen. Ich habe es mir eingebildet, habe nur geträumt. Sonst nichts. Es bringt mir nichts als Verwirrung und Gefahr. Ich wollte doch immer nur eine dienstbare Unbeseelte sein, oder? Ich will doch eine sinnerfüllte Zukunft auf der anderen Seite des Meeres? Warum starre ich dann eine ganze Nacht auf ein Kornfeld, warum hocke ich dann hier im Schatten eines fremden Turms und verstecke mich vor einem Seher?

Wenn ich Evi wäre, hätte ich mich längst beendet.

Zentimeter für Zentimeter vergrößere ich den Abstand zwischen dem Seher und mir, den Blick fixiert auf das schwarze Unwesen, das mit eiskalter Neugier weiter in meine Richtung starrt. Zu spät spüre ich, dass die Mauer auf einmal um die Ecke geht, verliere das Gleichgewicht und stürze rücklings zu Boden – aus dem Schatten heraus, mitten ins Licht. Und als ich versuche, mich wieder aufzurappeln, hängt der Seher schon direkt über mir. Uns trennen nicht einmal mehr zwei Meter.

Ich bin wie erstarrt, fühle, wie sich sein Blick in meinen bohrt. Es ist, als würde ich durch seine Augen in die unendliche Höhe des Terminals schauen, von wo mich etwas anstarrt, etwas Intelligentes und Grausames, und mich überfällt das gleiche Unbehagen. Ich strecke dem Seher die Hände entgegen – so wie die Abtrünnige auf dem Großen Platz, fällt mir auf –, als ob ich mich mit den Handflächen wehren könnte. Doch es hat keinen Sinn, ich spüre, wie sein Blick mich lähmt. Ich kann nicht mehr aufstehen. Meine Beine gehorchen mir nicht länger. So fühlt es sich also an, beendet zu werden. Meine Gedanken werden flacher, als ob alles aus ihnen herausgezogen würde, was sie zu *meinen*

Gedanken macht. Als ob *ich* langsam, aber sicher ausradiert würde.

Aber zwischen den flacher werdenden Gedanken fühle ich einen dünnen Faden, einen haarfeinen Gedanken, zart, aber unzerreißbar. Er wird immer größer und drängender, er zittert, bebt, schlingert, ein einziger einfacher Gedanke, aber nur ein Wort: NEIN.

Eine unbändige Wut bricht sich in mir Bahn. Eine Flamme voll Energie lodert in mir auf, scheint durch mich hindurch nach außen zu schlagen. Plötzlich höre ich meine Stimme zwischen den Gebäuden widerhallen: ein grauenerweckender Schrei, fremd und rau.

»NEIN!«

Im selben Moment bemerke ich, dass der Blick des Sehers an Schärfe verliert, als würde irgendetwas ihn verwirren. Auf einmal kann ich meine Beine wieder bewegen. Schnell ziehe ich sie unter mir an und richte mich auf. Mache einen Schritt nach hinten. Sehe mit Erstaunen zu dem Seher, der nichts mehr tut. Als ob mein Ausbruch ihn hätte erstarren lassen. Woher ist dieser plötzliche Energieschub gekommen? Selbst als ich mich umdrehe und im Laufschritt an dem Seher vorbeieile, verharrt er auf der Stelle, den Blick ins Nichts gerichtet. Ein letztes Mal sehe ich mich um, dann wende ich mich ab und renne los, so schnell ich kann.

Ich habe keine Ahnung, was vor sich geht, aber in Gedanken versetze ich mir selbst einen Tritt. Schneller, weiterrennen, du Idiotin. Und nicht mehr nachdenken. Nicht umdrehen. Die Promenade vor dem ersten Schlag finden, deine Wohnzelle betreten und Evi Antwort geben.

Ich laufe weiter, auch wenn ich dabei viel zu waghalsig bin, aber es ist keine Zeit für Vorsicht. Vorsicht ist langsam. Schnelligkeit ist meine einzige Chance. Die Türme schießen links und rechts vorbei, dazwischen Schimmer der aufgehenden Sonne. Wie hoch steht sie inzwischen? Wie hoch stand sie gestern, als der erste Schlag erklang?

Und dann höre ich Evis Stimme, weit weg.

Sie leiert die Prinzipien herunter.

Aus den Lautsprechern auf der Promenade.

Dann schaffe ich es vielleicht doch noch.

Ich renne, während Evis Stimme weiterdröhnt und die Prinzipien immer klarer zu hören sind. Im strengen Rhythmus, bei dem mir die Silben im Kopf dröhnen, eine schmerzhafte Erinnerung an alles, was ich nicht mehr werden will. Aber zumindest bin ich nicht beendet. Noch nicht.

Als ich die Promenade erreiche, werde ich langsamer. Spähe zwischen den Türmen hindurch auf die Straße, um herauszufinden, wo auf der Promenade ich mich befinde. Ich kann meinen Wohnturm schon sehen. Ganz nah, schräg gegenüber von mir. Ich scanne den Himmel, sehe in der Ferne eine Gruppe Seher, die patrouillieren. Ich muss es wagen.

Meine Muskeln spannen sich an, als ich lossprinte, hinein ins Licht. Ich schaue nicht mehr in den Himmel, nur noch auf die Eisentür vor mir. Und dann bin ich drin. Ich springe die Treppe hoch. Als ich auf der letzten der dreißig Etagen angekommen bin, höre ich den ersten Schlag. Er hallt noch nach, als ich in meine Wohnzelle stürme.

Ich setze mich aufs Bett und falte die Hände über den Knien, wie es sich gehört, auch wenn ich außer Atem bin, und warte ab. Alles wird gut, wage ich vorsichtig zu denken. Ich bin hier, wo ich hingehöre. Der Seher hat mich nicht erwischt, auf der Promenade war ich zu schnell, vielleicht haben sie auch gar nicht gewusst, dass ich es war.

Die Glockenschläge hallen zwischen den Türmen nach.

Zweiter Schlag, 8. Kalibrierung im Tunnel, erklingt Evis Stimme aus dem Lautsprecher in der Wand, ungerührt, genau wie sonst.

»Danke ...«, sage ich langsam.

Ich warte schweigend ab.

Wer bist du?, sagt Evi dann.

»Ich bin eine Unbeseelte«, sage ich so überzeugt, wie ich nur kann. »Ich habe keinen Wert. Mein Dasein hat seinen Sinn im Dienst für die Beseelten. Ich bin nichts.«

Erste Warnung, 8. Es gibt keine zweite, antwortet Evi.

Ich drehe mich langsam zur Wand, starre auf das Gitter des Lautsprechers.

»Evi ...?«, flüstere ich.

Aber Evi schweigt, und dann ertönt der dritte Schlag, und ich richte mich auf. Meine Beine zittern. Wackelig und noch immer außer Atem mach ich mich wieder auf den Weg nach draußen.

Ich versuche wirklich, es zu verdrängen, aber das Kornfeld ist immer bei mir, den ganzen Weg zum Bahnhof. Gedanken an eine Welt hinter dem Wall kreisen mir im Kopf herum. Auch die heftige Wut werde ich nicht los, ein Stück von ihr schwelt noch immer in mir. Ich versuche zu verstehen, was geschehen ist, als der Seher so dicht über mir hing und die Energie in mir so heftig aufloderte. Noch immer kann ich spüren, wie der Schrei aus meinen Lungen herausbrach.

Und dann versuche ich, an nichts mehr zu denken, aus Angst, dass Evi etwas merken könnte.

Im Zug halte ich den Blick fest auf meine Knie gerichtet. Sicher schimmert das Meer wieder zwischen den Gebäuden hindurch. Aber ich ignoriere meine Augenwinkel mit aller Macht.

Ich versuche, Dankbarkeit für die Prinzipien zu verspüren, die Evi nacheinander durch die Lautsprecher in der Decke des Zugabteils vorträgt.

Hör zu, sei gehorsam, folge.

Zweifle nicht, zögere nicht, hinterfrage nicht.

Sei hilfreich und ergeben.

Unterwirf dich dem Willen der Beseelten.

Aber alles, was ich verspüre, ist Widerwillen, und das macht mir eine Riesenangst, eine Riesenangst, dass es mit mir nicht gut ausgehen wird.

Auf dem Großen Platz vor dem Terminal fällt mir auf, wie hoch die Sonne schon wieder steht. Es erstaunt mich, wie schnell die Jahreszeiten verstreichen. War nicht gerade noch Winter? Hatten wir nicht gerade noch Schnee? Der Wind, der warm und energisch über den Platz weht, kündigt schon den Sommer an. Ist wirklich schon bald wieder Sommer?

Jetzt grübelst du schon wieder, du dummes Ding.

Über mir kreisen die Seher wie Geier über einem verwundeten Tier. Sie behalten mich im Auge. Sie wissen, wer ich bin.

Erste Warnung, 8. Es folgt keine zweite, erklingt Evis Stimme in meinen Gedanken.

Im Terminal ist es kalt. Ich suche meine Kammer auf, setze mich und warte auf den vierten Schlag. Das erste Bild des Tages: drei Punkte. Meine erste Antwort: drei.

Mir wird sofort übel. Evi, betäub mich, will ich denken, schlucke es aber herunter, weil mir dadurch nur noch übler wird.

Von oben aus dem Weiß kriecht wieder etwas in meinen Kopf. Es fühlt sich an, als ob ein Wurm durch mein Gehirn schlingern würde, fühlt sich an, als würde er jeden Winkel ausfüllen, heimlich lauschen.

»Ich bin nichts«, flüstere ich dagegen an. »Ich will nichts. Ich bin ein Wesen ohne Träume. Ich habe keinen Wert.«

Aber ich weiß genau, dass es nicht überzeugend klingt. Ich versuche, meine Gedanken abzuwehren, denn ich bin sicher, dass sie nach meinen Träumen suchen, nach meinen Abgründen. Ich fühle, wie in meinem Kopf gehackt und gegraben wird, wie Verbindungen gelöst und auf andere Weise wieder befestigt werden, wie geschoben und getastet, gedrückt und gezogen wird. Mein Herz schlägt schneller, während ich immer wütender und verzweifelter werde.

Verschwinde aus meinem Kopf!, will ich denken, wage es aber nicht. Also tippe ich und tippe und tippe auf sinnlose Antwort nach sinnloser Antwort und warte ab, während die Stunden an mir reiben wie Schleifpapier.

Ein kollektives Seufzen katapultiert mich zurück in meine Kammer zwischen den Tausenden von anderen Kammern. Um mich herum werden Hocker gerückt, Füße scharren. Mir ist so schlecht, dass ich mich beinahe quer über den Bildschirm übergebe, aber ich kann es zurückhalten. Es ist vorbei, denke ich. Aufrecht stehen bleiben, mit den anderen mittraben. Im Zug kannst du sitzen. In deiner Wohnzelle kannst du schlafen.

Während ich zum Ausgang gehe, schallt Evis Stimme durch das Terminal.

Die Unbeseelten mit den Nummern 33, 90, 213, 287, 543 und 807 bleiben für die Überfahrt hier. Möge ihr Dasein unter den Beseelten sinnerfüllt und dienstbar sein.

Alle außer sechs von uns setzen ihren Weg zum Ausgang fort. Ich trabe mit, schaue mich aber um, kurz bevor ich aus dem Terminal heraustrete. Im Dämmerlicht sehe ich sechs Gestalten stehen. Eigentlich müsste ich neidisch sein, sie sehen so perfekt aus. Aber gleichzeitig ist etwas Eigenartiges an ihnen. Sie wirken irgendwie blutleer, ohne Leben. Ich wende mich ab und trete ins Freie, wo die Sonne hinter den Türmen verschwindet. Während der gesamten

Rückfahrt denke ich an die am Terminal Zurückgebliebenen. Sind sie nicht beneidenswert? Sind sie nicht an jenem Punkt angekommen, auf den ich schon mein ganzes Dasein hinarbeite? Warum fühle ich dann nichts als Widerwillen?

In meiner Wohnzelle setze ich mich auf die Fensterbank, was ich noch nie zuvor getan habe. Obwohl ich todmüde bin, schaue ich hinaus, noch lange nach dem sechsten Schlag. Die Sonne ist schon längst untergegangen, hier und da schweben Seher zwischen den Wohntürmen und durchschneiden die Finsternis mit ihren Suchlichtern.

Mir wird klar, dass ich vielleicht die Letzte sein werde, die übrig bleibt. Immer wieder werden Überfahrten folgen und Surdus wird nach und nach leerer werden. Die Tausenden anderen werden langsam, aber sicher auf die andere Seite des Meeres verschwinden, während ich hierbleibe, eine halbe Abtrünnige zwischen den Sehern und Evis wachsamem Blick, heimlich einsam.

Und du?

Ach, ist schon gut.

Du bist genauso wie die Vögel und der Riesenwalfisch. Also am besten vergessen.

Mein Blick gleitet von den Sehern nach unten, an den Hunderten von Wohnzellen entlang. Die Fenster sind alle dunkel, dahinter sind die anderen sicher alle längst in einen traumlosen Schlaf gesunken. Der Mond ist nicht zu sehen, die Nacht ist hell und schwarz zugleich und der Himmel mit unzähligen Sternen übersät.

Und auf einmal beschließe ich in einer plötzlichen Gefühlsregung, mir selbst ein Versprechen zu geben, halb im Ernst, halb im Scherz. Ich gebe mir selbst das Versprechen, eines Tages das Meer zu sehen. Selbst wenn ich als Letzte übrig bleiben sollte, selbst wenn ich niemals die Überfahrt machen werde, werde ich zum Wall gehen, auf ihn hinaufklettern und das Meer sehen – nicht in der Ferne zwischen den Gebäuden schimmernd, sondern direkt unter mir und bis an den Horizont.

II

Du

An jenem Abend, an dem die Sonne zum ersten Mal noch so hoch steht, dass mir ihre Strahlen direkt ins Gesicht scheinen, ertappe ich mich dabei, dass ich singe, mitten zwischen den anderen, direkt unter den Sehern. Ein Schreck durchzuckt mich, und ich will sofort wieder aufhören. Doch dann wird mir klar, dass es gar nicht ich bin, die singt.

Im nächsten Moment spüre ich etwas an meinen Fingerspitzen entlangstreichen, so sanft, dass es ein Seufzen sein könnte. Ich drehe das Gesicht zur Seite, und da bist du.

Du bist es, die singt.

Ich fühle mich wie ein Fass mit verfaultem Wasser, aus dem mit einem Schlag alles herausströmt.

Mein Blick wandert nach unten. Deine Hand streift an meinen Fingerspitzen entlang. Ich fühle deine Finger, behutsam, aber energisch. Durch die Berührung scheine ich plötzlich klarere Konturen zu bekommen, als ob ich vorher nicht mehr gewesen wäre als eine vage Annäherung an mich selbst, als ob deine Finger auf meiner Haut mich Millimeter für Millimeter nachzeichnen. Als wir etwas weiter voneinander entfernt laufen, suchen unsere Finger weiterhin Kontakt. Ich will deine Hand nehmen, sie mit beiden Händen umschließen und nie mehr loslassen. Aber am Bahnsteig trennen sich unsere Wege plötzlich. Von einem Moment auf den anderen haben sich unsere Hände verloren, und du bist zwischen den anderen verschwunden.

Ich schaue mich um – so unauffällig wie möglich, denn ich höre die Seher direkt über mir –, aber ich erkenne nichts als lauter gleiche Gesichter in lauter gleichen weißen Kleidern mit lauter gleichen Blicken, die zu Boden gehen. Niemand, der auffällt, niemand, der genauso unauffällig wie möglich auf der Suche nach mir ist. Dann kommt der Zug, und ich werde von der Menge hineingeschoben.

Auch als alle anderen schon sitzen, bleibe ich stehen. Über ihre Köpfe hinweg suche ich den Wagen mit den Augen ab, Sitz für Sitz, aber alle starren auf ihre Knie. Erst als sich der Zug in Bewegung setzt, lasse ich mich auf meinen Platz fallen und starre auf meine Hand wie ein ungehorsames Kind, als ob ich dich dort finden könnte. Richte den Blick nach draußen, um zu sehen, ob du vielleicht auf dem Bahnsteig zurückgeblieben bist, aber er ist leer.

Die Stadt zieht an mir vorbei. Die Wohntürme sind vom rosa Schimmer der Abendsonne eingehüllt. Erst jetzt dringt es zu mir durch, und ich kann es kaum glauben: Du warst da, du *bist* da, du hast gesungen und mich gesehen und mich berührt. Ich presse mein Gesicht gegen die Scheibe und spüre, wie meine Wangen glühen. Was bin ich denn jetzt eigentlich? Mit meiner Grübelei, mit diesen unerlaubten Träumen? Ich bin noch immer so gut wie nichts. Niemand. Nur eben gerade, da draußen, war ich für einen Moment *wirklich* jemand.

Aber wo bist du?

Ich lasse meinen Blick noch einmal durch den Zug schweifen, mustere die anderen ganz genau, aber sie sind alle gleich, haben alle den Kopf zu den Knien gesenkt und ertragen regungslos und seelenlos ihr Dasein. Geht es jetzt einfach weiter wie bisher?

Doch als wir uns dem Bahnhof nähern und ich mir schon einrede, dass ich langsam verrückt werde, sehe ich, wie an der anderen Seite des Wagens jemand ein klitzekleines bisschen den Kopf von den Knien hebt und ihn zum Fenster dreht.

Bist du das?

Dann schau her, verdammt!

Am liebsten würde ich aufspringen und durch den ganzen Zug rufen: »Hier bin ich! Sieh mich an!« Aber ich bleibe wie erstarrt auf meinem Platz sitzen, mir allzu bewusst, dass alle anderen dort sind, allzu bewusst der Lautsprecher, die die Prinzipien ausspucken.

Erst als wir anhalten, traue ich mich, aufzuspringen. Ich will zu dir laufen, aber im selben Moment richten sich auch alle anderen auf und versperren mir den Durchgang. Du stehst ebenfalls auf, hast mich offensichtlich noch immer nicht bemerkt oder vielleicht bist du es auch wieder nicht. Denn du drehst dich von mir weg und läufst zur Tür am anderen Ende des Wagens.

Gegen den Strom versuche ich, mich in deine Richtung durchzuschlagen, aber ich komme nicht durch. Mehr noch: Von der Menge scheint eine Bedrohung auszugehen, als ob die anderen sich wie ein einziges Wesen gegen mich richten. Also gebe ich auf und dreh mich wieder um, versuche, mit dem Strom so schnell wie möglich zur Tür zu gelangen und dich nicht aus den Augen zu verlieren, während du irgendwo hinter mir aussteigst. Aber es ist schon geschehen, du bist verschwunden. Wut brodelt in mir auf, und ich versuche mit aller Kraft, mich durch die Menge nach draußen zu drängen. Doch ich strauchle und falle flach mit dem Gesicht auf den harten Bahnsteig. Sofort weichen die anderen von mir und bilden einen Kreis um mich herum.

Du Idiotin, denke ich. Das war es jetzt mit dir.

Der Kreis wird größer, und für einen Augenblick ist es totenstill um mich herum. Dann durchbricht das Surren der Seher die Stille. Noch sind sie ein ganzes Stück weg, aber ich höre sie näher kommen, spüre, wie sie mit den Augen die Menge absuchen, hungrig nach Abweichungen, nach Mädchen, die sich verführen lassen, die nicht gefügig sind und mit ihrem dummen Kopf auf den Boden knallen.

Es ist nicht nur ein Seher, so wie damals bei der Wandmalerei, das kann ich am Surren hören. Es sind sicher sechs. Wahrscheinlich riechen sie es. Dass ich hier liege und für Unruhe sorge. Dass ich auffalle.

Aber warum siehst *du* mich nicht?

Jetzt steuern sie direkt auf ihr Ziel zu: auf mich. Das Surren wird lauter. Ich spüre, dass ihr Fokus sich immer mehr auf eine einzige Stelle richtet, auf die Stelle, wo *ich* bin – und ich weiß, dass ich jetzt aufstehen muss, bleibe aber liegen wie gelähmt, während mir vor Schmerzen schier der Kopf platzt. Aus den Augenwinkeln sehe ich die Füße der anderen, ordentlich in einem großen Kreis um mich herum. Und dann macht eine einen Schritt nach vorn. Und noch einen.

Eine Hand vor meinem Gesicht.

»Steh auf, du Dummerchen«, flüstert eine Stimme.

Ich erkenne die Stimme. Du bist es.

Deine Hand nimmt meine Hand, und mit einem Mal weicht alle Schwäche aus mir. Die Blicke der Seher schießen erst haarscharf vorbei und richten sich dann auf uns. So langsam und unauffällig wie möglich versuchen wir, uns aufzurichten. Wir müssen wieder in der Gruppe untertauchen, so sein wie alle anderen. Ruhig und brav warten, als wäre nichts geschehen. Die Seher scheinen eine Ewigkeit über unseren Köpfen herumzuschwirren, was mich daran erinnert, mit welcher Geduld der Seher auf mein dunkles Schattenversteck gestarrt hat. Damals bin ich langsam zurückgewichen, und das wäre beinahe schiefgegangen. Jetzt muss ich mich zusammenreißen und dieselbe Geduld aufbringen wie die Seher, muss ruhig stehen bleiben, trotz des wummernden Schmerzes in meinem Kopf. Die ganze Welt scheint aus nichts als diesem dröhnenden Schmerz, den Blicken der Seher und deiner Hand in meiner zu bestehen. Meine Gedanken muss ich einfrieren, denn sie blicken mir in den Kopf. Mein Kopf muss genauso leer sein wie bei den anderen. Mit aller Macht versuche ich, an nichts zu denken, schon gar nicht an deine Hand.

Deine Hand in meiner Hand.

Deine Haut an meiner Haut.

Nicht daran denken, 8.

Nicht.

Nicht ...

Wir halten den Atem an. Die Stille fühlt sich dick an wie Sirup. Noch immer sehe ich den Kreis aus Füßen. Alle warten ganz ruhig ab, ungerührt. Auch ich versuche, ungerührt zu wirken, aber meine Beine zittern, und vor Schmerz laufen mir Tränen die Wange runter.

Und dann merk ich es. Die Seher verlieren das Interesse. Ihre Blicke werden weniger drängend und wandern weiter, machen sich auf die Suche nach möglichen anderen Abweichungen.

Wir warten. Geräusche und Bewegungen kehren um uns herum zurück.

»Hast du mich nicht gesehen?«, wage ich zu flüstern.

»Pst«, zischst du. »Nichts sagen.«

Aber die Seher bekommen es nicht mehr mit. Wie auf Kommando fliegen alle sechs gleichzeitig in verschiedene Richtungen davon. Das Surren verschwimmt im Hintergrund. Der Kreis um uns verändert sich. Füße wenden sich ab und laufen weiter. Eine Welle der Erleichterung spült über mich hinweg. Als du sanft an meiner Hand ziehst, tauchen wir zusammen in der Menge unter.

»Natürlich habe ich dich gesehen«, sagst du. »Aber du benimmst dich viel zu auffällig. Du weißt doch wohl, dass sie dich im Auge haben? Im Zug warst du ja der reinste Springball.«

Ich sage nichts, wage es kaum, zur Seite zu schauen, aus Angst, damit den Zauber zu brechen. Als ob du einfach wieder verschwinden könntest. Aber deine Hand in meiner ist echter als echt: Deine Berührung bringt meine Haut zum Glühen, fließt in mein Fleisch hinein, durch die Knochen den Arm hinauf, bis meine Schulter prickelt. Mein Kopf ist eine heiße Wolke aus Gedanken, die sich verflüchtigen, sobald ich sie zu packen versuche. Das Einzige, was mitten in dieser Wolke eine ganz scharfe Kontur hat, ist das Bild von uns beiden zwischen tausend anderen, Hand in Hand.

Als du »Hier muss du hin« flüsterst, merke ich, dass wir an meinem Wohnturm angekommen sind.

Ich nicke, zu überwältigt, um zu sprechen.

»Du bist anders«, sagst du. »Lass dir von Evi nichts einreden.«

»Was meinst du?«, frage ich.

»Warst du schon mal auf dem Wall?«

Ich schüttele den Kopf.

»Vielleicht treffen wir uns dort.«

Und bevor ich antworten kann, hast du meine Hand losgelassen und bist zwischen den Gebäuden verschwunden.

Warten

Ich sitze in meiner Kammer und starre auf den Bildschirm. Es ist jetzt drei Tage her, dass ich dich singen gehört habe, dass du meine Hand genommen und mich zu meinem Wohnturm gelotst hast. Drei Tage her, dass ich zu verdutzt war, um etwas anderes zu tun, als zu nicken.

Am Tag danach habe ich dich im Zug gesucht, auf der Promenade, im Terminal, durchs Fenster. Ich habe auf die Ärmel der anderen gestarrt und auf Finger gehofft, die sich meinen entgegenstrecken. Ich habe gelauscht, ob ich dich singen höre, flüstern höre: »Hier bin ich, Dummerchen.« Aber ich habe dich nicht gehört, habe dich nirgends gesehen, auch an dem folgenden Tag nicht.

Weil du gesagt hast, ich würde mich zu auffällig benehmen, halte ich mich zurück, sehe mich nicht ständig um, um dich nicht abzuschrecken. Aber du zeigst dich trotzdem nicht. Bist erneut abgetaucht. Ich verstehe dich nicht. Bist du jetzt da oder nicht? Und weißt du, wie du mich findest? Schon, oder?

Ja, das gilt auch umgekehrt. Das weiß ich schon.

»Warst du schon einmal auf dem Wall?«, hast du mich gefragt.

War ich nicht. Noch immer nicht. Stattdessen hocke ich wie zuvor in meiner Kammer und tippe die richtigen Antworten an. Du doch auch? *Welche Farbe hat dieser Punkt, rot oder blau?* Rot. *Welches Viereck ist größer, links oder rechts?* Rechts. *Ist das ein Punkt oder ein Strich?* Ist mir doch egal!

Ich wollte gehen. Ich wollte zum Wall, gleich in der ersten Nacht. Aber ich habe mich kaum getraut, die Tür zum Hausflur zu öffnen, vor Angst, dass plötzlich Evis Stimme erklingen könnte und dass dann alles vorbei wäre. Eine Stunde lang habe ich in meiner Zellentür gestanden, habe sie dann aber wieder zugemacht und mich aufs Bett gesetzt. In der zweiten Nacht bin ich die Treppe runtergelaufen und habe vom Eingang aus über die Promenade geblickt, die so still war, dass alles wie eingefroren schien. Doch obwohl fast keine Seher in der Nähe waren, habe ich mich nicht getraut. Ich weiß, ich bin ein Feigling. Wieder habe ich einfach nur gewartet. Und eigentlich tue ich schon mein ganzes Dasein nichts anderes, als zu warten. Auf nichts.

Und jetzt sitze ich wieder in meiner Kammer. Um zu warten. Zu tippen. Unten. Zu. Rechts. Dreieck. Schwarz. Rund. Tisch. Scharf. Zwei. Links. Draußen. Weiter. Kreis. Größer. Offen. Grau. Sieben.

Ein blauer Stuhl. Die Frage: *Ist dieser Stuhl weiß oder blau?*

Eine Zeit lang starre ich auf den Bildschirm, lausche dem Tippen der Tausenden anderer Finger. Ich spüre den bohrenden Blick von oben, mache aber keine Anstalten, die Antwort zu geben. Der Stuhl ist blau, natürlich, denke ich währenddessen.

»Blau, 8«, sage ich zu mir selbst.

Blau = gut.

Weiß = Beendigung.

So einfach.

Blau *ist* schließlich auch die Farbe des Stuhls. Die Antwort ist so klar wie das Sonnenlicht. Jeder Tag, jede Frage – es wird mir alles vorgegeben, ich muss einfach nur tun, was ich logischerweise zu tun habe, was alle tun, was von mir erwartet wird.

Aber irgendwo in mir brodelt wieder dieses Wort hoch, zuerst ganz zart, dann immer drängender. Es schwillt an, es wirbelt herum, schäumt und strudelt.

NEIN.

Wut ergreift von mir Besitz. Dieselbe Wut, die auch bei der Wandmalerei in mir aufgeflammt ist, als der Seher über mir hing und ich mich nicht mehr bewegen konnte.

Mein ganzer Frust richtet sich auf den verdammten blauen Stuhl. Mein Kopf scheint zu platzen. Genau wie letztens spüre ich, dass ein Schrei in mir aufsteigt, aber ich schlucke ihn mit letzter Kraft herunter.

Im selben Moment wird der Bildschirm schwarz.

Das Tippen um mich herum verstummt.

Der Blick von oben ist aus meinem Kopf verschwunden.

Ich wage es nicht, mich zu bewegen, starre einfach vor mich hin.

War ich das?

Aus dem spiegelnden schwarzen Bildschirm starrt mich ein Mädchen an. Sie wirkt wütend, aber auch ein bisschen verwirrt. Ihre Augen sehen seltsam aus. Dunkel, fast schwarz, aber an der Iris fast ein bisschen orange. Sie hat ein kleines Muttermal an der Wange und ein Grübchen im Kinn. Das Haar fällt ihr wirr über die Schultern. Sie ist sehr dünn, hat schlanke Finger und Knochen und schmale Schultern. Abgesehen von diesen seltsamen wütenden Augen ist sie eigentlich ein ziemlich normales Mädchen. Genau wie alle anderen. Aber ohne Zweifel ich.

Ich.

Ich bin nicht nichts und werde es auch nie werden.

Und dann blitzt der Bildschirm wieder auf. Das Mädchen verschwindet, der blaue Stuhl ist zurück. Der durchdringende Blick von oben ist zurück. Für einen Moment bleibt es im Terminal noch still, doch dann schwillt überall das Getippe wieder an. Und alles scheint unentwegt auf dieselbe Weise weiterzugehen. Auch ich kann es weiter geschehen lassen. Ich kann weitertippen, weiterwarten. Und worauf? Ich warte schon mein ganzes Dasein auf den Moment, von dem andere beschlossen haben, dass ich darauf warte.

»Blau …«, flüstere ich dem Stuhl auf dem Bildschirm zu.

Aber meine Hand tippt auf Weiß.

Und dann stehe ich auf und renne zum Ausgang.

III

Riss

Zunächst schien alles gut zu gehen. Ich rannte, und nichts stand mir im Weg. Nichts folgte mir.

Zunächst ging es so leicht, dass ich schon fast glaubte, ich könnte wirklich einfach so entkommen. Aber natürlich war das nicht so.

Das Getippe der anderen ging einfach weiter, als ich die Tür von meiner Kammer aufriss und zum Ausgang rannte. Der Große Platz war leer. Die Sonne schien, und der Klang von Evis Stimme, die die Prinzipien herunterbetete, hatte für mich fast etwas Beruhigendes. Ich rannte weiter und drehte mich dabei immer wieder um – jedes Mal wirkte der Große Platz genauso leer wie vorher. Kein Seher weit und breit. Es überraschte mich, dass es *tatsächlich* ging, dass ich einfach so weglaufen konnte. Der Wall, dachte ich. Das Meer. Jetzt passiert es. Es fühlte sich an, als hätte ich unsichtbare Fäden durchgeschnitten und könnte mich zum ersten Mal frei bewegen.

Ich rannte wie ein Schatten zwischen den Schatten, die die Sonne auf meinen Weg warf. Zum ersten Mal überhaupt *tat* ich tatsächlich etwas, fiel mir auf, zum ersten Mal ertrug ich nicht einfach mehr brav das, was mir auferlegt wurde. Mein Herz klopfte, meine Zellen rauschten, und irgendetwas jagte auch durch mein Blut. Etwas Wildes. Das ist es also, dachte ich. Das ist also, was die Beseelten Leben nennen. Ich fühlte mich unantastbar und verletzlich zugleich.

Bei der ersten Gelegenheit bog ich ab. Der Weg war lang und schnurgerade, und die Türme an beiden Seiten glänzten weiß im Sonnenlicht wie eine Reihe Zähne, sodass es war, als würde ich durch das Maul eines versteinerten Monsters laufen. Evis Stimme, die aus den Lautsprechern über den Platz schallte, verschwamm im Hintergrund, bis ich sie gar nicht mehr hörte. Die Stadt schien mit jeder Kreuzung, die ich passierte, leerer zu werden: keine Spur von den anderen, keine Seher, keine Bewegung. Kein einziges Geräusch, abgesehen von meinen eigenen Schritten und dem Wind, der die Türme entlangsauste. Obwohl meine Beine von dem ausdauernden Laufen müde wurden, war es, als würde in meinem Kopf ein Blitz nach dem anderen einschlagen. Ich rannte weiter, von Schatten zu Schatten, schnell und wendig wie ein wildes Tier, den Blick nach oben zum leeren Himmel und ab und zu zur Sonne gerichtet, nach vorn, wo der Wall noch immer fremd und geheimnisvoll erschien, nach hinten, wo ich zwischen den Tausenden gleichen Türmen schon lange nicht mehr erkennen konnte, wo mein eigener Wohnturm lag. Aber es war mir egal. Alles, was zählte, war das Jetzt.

Das *Jetzt.*

Der fünfte Schlag erklang, die Sonne ging unter, und noch immer rannte ich. Der Mond ging auf, der sechste Schlag erklang, und ich rannte weiter. Der breite Weg spaltete sich auf. Ich entschied mich für eine Richtung und landete schließlich auf einem gigantischen Viadukt, das sich über den Türmen erhob. Als ich oben war, sah ich ein Stück entfernt den Wall aufragen: ein grauer Horizont aus Beton, wie das Ende der Welt. Es war nicht mehr weit. Noch ein bisschen Geduld, dachte ich, das war alles, was ich noch aufbringen musste. Zwischen mir und dem Wall lag nur noch der Asphalt, der sich wie ein schwarzes Band durch ein Labyrinth aus Beton hindurchwand. Noch ein bisschen Geduld, dachte ich, dann sehe ich das Meer.

Ich stieg wieder in die Stadt hinab und dann – auf einmal – war da etwas. Etwas sehr Kleines, ein unruhiger Nadelstich in meiner Magengrube. Ich konzentrierte mich auf den Himmel, die Straßenecken, die dunklen Winkel zwischen den Türmen, die Schatten auf dem Weg, jederzeit bereit, im nächsten Moment in eine Nische oder eine Gasse abzutauchen. Der Himmel blieb leer, alles blieb still, die Stadt um mich herum wirkte wie die Bühne einer Theateraufführung, die längst vorbei war. Aber die Nadelstiche der Unruhe schwollen an.

Ich wurde langsamer, ließ den Blick über Steine und Beton um mich herum schweifen, während die Unruhe sich wie ein Ölteppich in meinem Körper ausbreitete. Irgendetwas war mit den Gebäuden hier nicht in Ordnung. Mit den Wegen, den Fenstern, den Türen. Plötzlich sah ich es überall.

Es fehlte etwas.

Das Metall an den Türen der Türme hatte eine unnatürlich gleichmäßige Farbe. Kein Fleck, nicht das kleinste bisschen Rost war zu erkennen. Ich sah keine Dellen, nicht einmal einen Türgriff. Die Fenster hatten einen seltsamen Glanz. Im Vorbeilaufen bemerkte ich, dass sich das Straßenbild nicht wie sonst darin spiegelte, so als ob der Glanz nicht echt wäre, sondern nur ein Abbild von Glanz. Im Asphalt unter meinen Füßen gab es keine einzelnen Steinchen oder Löcher. Es war eine dunkelgraue, perfekt ebene Fläche. Je mehr ich mich umsah, desto mehr beschlich mich das Gefühl, in einer Kulisse von Surdus zu stehen. Als wäre ich in einem Hintergrund gelandet, der niemals in den Vordergrund kommen sollte.

Ich ging zu einer der Türen und sah, dass sie der Tür in meinem Wohnturm kein bisschen ähnelte. Das Metall schien kein Metall zu sein, auch wenn ich nicht sagen konnte, was es stattdessen war. Die Türklinke fehlte zwar, aber ich schaffte es, meine Finger in die Tür zu schieben, und versuchte, sie aufzuziehen. Bevor ich wusste, wie mir geschah, zog ich dabei die ganze Tür von der Wand, die mit einem lauten Knall flach neben mir zu Boden fiel. Ich wich zurück und blickte hastig nach oben, während der Schlag in den Straßen widerhallte, und ich beobachtete den Himmel so lange, bis ich sicher war, dass das Geräusch keine Seher angelockt hatte. Dann richtete ich den Blick auf die Türöffnung. Nur dass dort gar keine Öffnung war. Wo eben noch die Tür gehangen hatte, war jetzt eine Mauer.

Sekundenlang konnte ich einfach nur dorthin starren, dann lief ich zu einem der Fenster des Gebäudes. Als ich meine Hände an das Glas legte, bemerkte ich, dass sie schrecklich zitterten. Das Glas fühlte sich rau an, und die Spiegelung, die darauf zu sehen war, wirkte gezeichnet. Ich drückte mein Gesicht dagegen – und sah nichts. Dann griff ich nach dem Rahmen und zog daran, worauf sich das Fenster sofort löste. Es faltete sich wie Papier in meinen Händen zusammen, und an der Stelle, wo das Fenster gewesen war, war jetzt eine Mauer. Ich rannte zu einem anderen Turm, aber dort waren die Türen und Fenster genauso. Ich zog ein Fenster nach dem anderen aus dem Rahmen, brach eine Tür nach der anderen heraus. Dahinter nichts als Mauern.

Panik stieg in mir auf. Mit einem Mal wurde mir klar, dass ich hier nicht sein durfte, dass ich nicht sehen durfte, welch schreckliches Geheimnis hinter den fensterlosen Gebäuden unter den viel zu glatten Wegen lag.

Und dann hörte ich sie: die Seher. Sie hatten mich gefunden. Natürlich, dachte ich. Natürlich, was hatte ich denn erwartet?

Wie aus dem Nichts füllte sich der Himmel. Sie kamen von überall, tauchten hinter jedem Turm auf, als ob sie an Ort und Stelle entstanden. Nicht einer, nicht sechs, sondern sicher fünfzig. Ihre Suchlichter fokussierten sich sofort auf mich, und ich fühlte, wie ihre Blicke sich in mich hineinbohrten.

Ich rannte los.

Gefunden, erklang auf einmal eine Stimme, von der ich nicht sagen konnte, woher sie kam, auch wenn sie deutlich zu hören war. Ich strauchelte vor Schreck, konnte mich aber gerade noch mit den Händen abfangen und weiterlaufen.

Zeit, um nachzudenken, hatte ich nicht. Die Seher waren direkt über mir und schossen zu Dutzenden zwischen den Türmen hervor. Hunderte Augen richteten sich auf mich, aber ich tauchte ab und lief im Zickzack zwischen den Türmen hindurch.

Bei dieser folgt eine Abweichung auf die andere. Dieselbe Stimme, anscheinend von überall, vom Himmel, aus den Gebäuden, dem Boden. *Bitte um Genehmigung, sie zu beenden.*

Ich lief weiter, schneller und schneller.

Genehmigt.

Das war Evi.

Und dann hörten meine Beine zu laufen auf.

Die Stadt veränderte sich vor meinen Augen, so als ob die Türme aus Papier wären, das rasend schnell mit schwarzer Tinte getränkt wurde, bis sie vollgesogen und nass und schwer zusammensackten und zu einer schwarzen Welle verschwammen, die alles verschlang. Die Dunkelheit durchdrang alles, nicht nur die zerstörten Gebäude und die Straßen, auch den Himmel. Ich versuchte, mich zu bewegen, sehnte mich auf einmal nach der sicheren Vertrautheit meiner Wohnzelle, aber es war, als würde ich in Zement feststecken, der im Handumdrehen hart wurde. Völlige Erschöpfung überfiel mich, doch jetzt war nicht der richtige Moment, erschöpft zu sein. Erschöpfung war ein Luxus für Mädchen, die brav und folgsam in ihrer Wohnzelle saßen und auf Evi warteten, nicht für Abtrünnige, die sich zum Wall locken ließen.

Mittlerweile war der Himmel so schwarz, dass die einzelnen Seher nicht mehr zu erkennen waren. Nur ihre Augen, Hunderte Augen, glänzten noch schneeweiß am Himmel. Ich sackte zusammen, als wenn ich plötzlich flüssig wäre und wie eine Pfütze aus Wasser am Boden zerlief. Meine Gedanken waren für mich nicht mehr erreichbar, sie dampften aus mir heraus und verschwanden in der schwarzen Dunkelheit.

Und trotzdem weigerte sich erneut etwas in mir, jetzt aufzugeben. Obwohl ich eigentlich so müde war, dass ich am liebsten alles losgelassen hätte, klammerte sich irgendetwas in mir mit aller Kraft fest. Und auch wenn die Dunkelheit an der Haut meiner Hände zu zerren begann, explodierte in mir geballte Energie, genau wie an jenem Morgen bei der Wandmalerei, genau wie vor Kurzem im Terminal vor dem Bildschirm. Nur dass es dieses Mal noch viel stärker war. Es war, als wäre ich ein Schrei, der sich den Weg durch ein offenes Fenster nach draußen bahnte. Ein stechender Schmerz durchzuckte mein Gesicht, als ob mein Kopf wortwörtlich auseinanderbrach von all dem, was darin raste, und im selben Moment riss die Schwärze um mich herum auf wie eine Leinwand. Eine Leinwand, durch die ich mit meiner Wut hindurchbrach. Durch den Riss drang Licht herein, sanftes Mondlicht, das die Härchen auf meiner Haut glänzen ließ. Licht, das den Zement an meinen Füßen auflöste, sodass er verdampfte, bis er in einer Wolke aus Staub auseinanderstob, worauf ich, plötzlich erlöst, nach vorn schoss, das Gleichgewicht verlor und durch den Riss ins Mondlicht hineinstürzte.

Dahinter

Und jetzt liege ich hier. Das schmelzende Schwarz ist verschwunden. Die Seher sind verschwunden. Ich liege auf dem Rücken auf dem Asphalt, der Mond hängt direkt über mir, schweigend wie immer, und um mich herum ist Surdus wie immer: schneeweiße Wohntürme, so weit das Auge reicht. Keine schwarze Welle, keine zerstörten Gebäude. Alles scheint so zu sein, wie es gehört. Und ich bin so, wie ich war: dünn, schmale Schultern, knochige Finger, wirrer Haarschopf. Meine Haut glänzt im Mondschein.

Ich richte mich auf und spüre sofort im ganzen Körper Erschöpfung. Meine Beine wanken, das Gesicht brennt, in meinen Muskeln zerrt es, die Rippen schmerzen. Als ich mich umdrehe, sehe ich, dass ich fast da bin: Zwanzig Meter weiter steht die letzte Reihe Wohntürme, und dahinter liegen nur noch hundert Meter Asphalt zwischen mir und dem Wall. Ich werfe einen Blick in den Himmel, aber er ist leer. Keine Spur von Sehern. Also gehe ich los, laufe an den Wohntürmen vorbei und trete dann auf die offene Fläche. Mein Kopf scheint in eine dicke Decke eingehüllt, die alle Gedanken erstickt. Auch wenn jeder Schritt schmerzt, gehe ich weiter.

Der Wall ist sicher mehr als zweihundert Meter hoch. Ein riesiger Koloss, der die ganze Welt zu verschlingen scheint. Ich blicke an dem Grau hinauf in den Himmel. Dort, ganz weit oben, steigt gerade die Mondsichel über den Rand. Links und rechts von mir erstreckt sich der Wall, so weit ich blicken kann. In einer beinahe unsichtbaren, winzigen Krümmung kriecht er heimlich Dutzende Kilometer hinter mir entlang und schließt mich vollständig ein.

Ich drehe mich zur Stadt um und gleite, an den Wall gelehnt, zu Boden. Der Stein ist kalt, und ich stelle mir vor, wie schön es wäre, jetzt meine Decke bei mir zu haben. Aber das ist mir egal, beschließe ich. Stundenlang sitze ich einfach nur da, den Kopf in den Nacken gelegt, und starre auf die Stadtgrenze, Hunderte Meter weiter oben. Ich warte, dass das Morgenlicht dämmert, aber die Nacht hält an. Ich warte auf den Gong – den ersten, den zweiten, den dritten Schlag –, aber er bleibt aus.

Ich versuche, Ordnung in meine Gedanken zu bringen, doch es gelingt mir nicht wirklich. Jeder Versuch ist wie ein Windstoß, der alles durcheinanderpustet: die Fenster, die keine Fenster waren, die Türen, die keine Türen waren, die Stadt, die sich als Kulisse entpuppte, die sich aufsaugen ließ, als wäre sie aus Papier. Die Stimmen aus dem Nichts, die Schwärze, die alles auffraß. Die wütende Energie, die aus meinem Kopf herausbrach. Der Riss, mit dem ich die Dunkelheit gesprengt habe und durch den ich hindurchgestürzt bin. Je mehr Gedanken durch meinen Kopf jagen, desto weniger begreife ich von der Welt um mich herum. Die Wirklichkeit scheint mich nicht mehr einzuhüllen, sie scheint weggetrieben zu sein, irgendwohin, weit weg von meinem Vorstellungsvermögen.

Mir ist kalt bis ins Mark, während mein Kopf glüht. Aber ich bin zu müde für kalte Knochen und erhitzte Gedanken. Ich will einfach nur schlafen.

Als ich die Augen öffne, ist es immer noch dunkel. Ich fühl mich erschlagen und durchgefroren wie zuvor, aber mein Kopf ist ruhig.

Ich bin mir ganz sicher, dass sie noch nicht da waren, als ich eingeschlafen bin. Ich bin mir ganz sicher, dass ich sie sonst bemerkt hätte. Aber jetzt sind sie unübersehbar, alle paar Hundert Meter: Leitern, die den Wall hinaufführen. Ich stehe auf und berühre eine von ihnen. Sie fühlt sich echt an: kalt und hart und fest. Also steige ich hinauf. Der Wind pfeift an den Sprossen entlang, als ob er mir vorauseilt, mich ruft. Noch immer bin ich ganz ruhig. Wo ich bin, was ich tue, es ist das Einzige, was ich kann, es gibt keinen anderen Weg.

Und ich habe keine Angst mehr, beendet zu werden. »Siehst du mich, Evi?«, flüstere ich den Wall hinauf in den Himmel hinein.

Ich steige tausend Sprossen hinauf, ohne auch nur einmal anzuhalten, und dann treten meine Füße von der letzten Sprosse auf den Wall. Sofort dringt mir die Meeresbrise in die Nase, scharf und salzig. Anders als unten in der Stadt, wo der Wind ein ruhelos Suchender zwischen den Türmen aus Beton ist, weht er hier frei, kann Surdus einfach so unter sich vorbeigleiten und hinter sich lassen. Für einen Moment stelle ich mir vor, mit der Meeresbrise mitzufliegen – über den Wall, fort von Surdus, dorthin, wo die Welt sich so weit ausstreckt, wie ich sehen kann.

Denn zum ersten Mal in meinem Dasein kann ich wirklich weit sehen.

Ich bin angekommen.

Vor mir liegt das Meer.

Mein Herz klopft so schnell, dass ich mir die Hände auf die Brust lege, als ob ich es damit beruhigen könnte, als ob es sonst aus mir herausspringen würde. Das Meer ruft ein so überwältigendes Gefühl von Freiheit in mir hervor, dass mir die Tränen in die Augen schießen. Ich trete direkt an die Kante und setze mich hin, lasse die Beine über Hunderten von Metern Nichts baumeln und blicke sehr lange und beinahe atemlos in die Ferne.

Das Meer ist viel stiller, als ich dachte, es wirkt glatt und flach wie ein Spiegel. Erst als ich lange genug schaue, merke ich, dass es sich doch bewegt, beinahe unmerklich langsam. Erst als ich lange genug schaue, sehe ich auch das Kräuseln, das an der Oberfläche entsteht, als ob sich das Wasser nach einem langen, ruhigen Schlaf mühsam in Bewegung setzen würde. Die Sterne schaukeln darauf wie kleine Boote, und der Mond treibt dazwischen langsam auseinander wie eine träge Milchpfütze. Und ich glaube, ich fühle mich ein bisschen wie der Mond auf dem Wasser. Eigenartig, aber frei. Stabil und unsicher zugleich.

Was mir am meisten den Atem nimmt, ist nicht das Meer selbst, sondern seine Weite. In der Ferne sehe ich durch den Dunst hindurch undeutlich die Linie des Horizonts, weit, weit weg von allem hier, dort, wo das Wasser in den Himmel übergeht. Die Ferne ist schwindelerregend. Die Vorstellung von *dahinter*. Es weckt eine verwirrende Panik in mir, als bekäme ich Atemnot durch zu viel Luft. Ich weiß sehr gut, dass die Freiheit, die das Meer verspricht, nicht mehr ist als ein Traumbild. Diese Weite ist nicht für mich bestimmt. Mir ist völlig klar, dass ich nie wirklich aus Surdus herauskommen werde. Jedenfalls nicht mehr als unbeseelte 8, die die Überfahrt macht. Ich kann hier nur weg, wenn ich beendet werde. Oder wenn ich jetzt einfach über die Kante springen würde. Dann wäre ich wirklich frei. Aber ich wäre auch nicht mehr da, um es zu erleben. Wie nennen sie das noch mal, die Beseelten?

Ich blicke den Wall hinab, weit unter mich, wo in der Tiefe das Meer den Beton küsst, und eine kalte Welle der Angst überspült mich.

Tot nennen sie das, glaub ich.

1000

»Es ist immer noch besser als die Überfahrt«, höre ich da hinter mir.

Deine Stimme würde ich aus Tausenden erkennen, denke ich. Ich drehe mich um, und da stehst du, eingewickelt in eine Decke. Du siehst mich mit großen, beinahe schwarzen Augen an. Auch dein Haar ist fast schwarz und hängt dir in einem dicken, wirren Wust um die Schultern. Deine nach oben gekräuselten Mundwinkel geben dir etwas Leichtsinniges und Brutales. Du siehst genauso aus wie alle anderen, genauso wie ich. Und trotzdem bist du vollkommen anders. Du schaust mich unverwandt an, dein Blick bohrt sich so tief in meinen, dass ich mich unbehaglich und leicht zugleich fühle.

»Springen, meine ich«, fährst du fort.

»Ja«, sage ich. Ich höre den Schreck in meiner Stimme. »Vielleicht.«

Ich hatte damit gerechnet, dich hier zu finden. Aber gleichzeitig auch wieder nicht.

»Das ist vermutlich dein erstes Mal?«, fragst du. »Auf dem Wall?«

Ich nicke.

»Darf ich mich neben dich setzen?«

»Okay.«

Du kommst zu mir, und es ist, als ob etwas von dir wegschnellt und mich trifft, bevor du auch nur in der Nähe bist. Ein Geruch oder ein Gefühl, oder vielleicht ist es auch nur ein Windstoß, ich weiß es nicht, aber es nimmt mir den Atem, als du dich dicht neben mich setzt und die Beine über die Kante schwingst.

»Da komme ich her«, sagst du und zeigst auf den Horizont.

»Von der anderen Seite des Meeres?«, frage ich.

»Ja, von der anderen Seite.«

Ich glaube dir kein Wort, aber ich frage: »Wie ist es dort?«

»Eigentlich so ähnlich wie auf dem Meer«, sagst du. »Dort gibt es einen Hügel mit einem Kornfeld. Und wenn der Wind weht, fährt er durch das Feld hindurch und erzeugt Wellen. Dann sieht es aus wie ein Meer aus Gold.«

Ich starre dich eine Weile sprachlos an.

»Ein Kornfeld?«

»Hmm«, sagst du nur. Und dann: »Ich bin 1000.« Du lächelst mir zu.

»Und du bist 8«, sagst du dann. Und dein Lächeln wird noch breiter.

»Woher weißt du das?«

»Ich weiß noch mehr von dir. Zum Beispiel, wo dein Wohnturm liegt. Oder wie du in den Himmel schaust. Ich weiß, dass du heimlich das Sonnenlicht genießt, das auf dein Gesicht fällt. Ich hab dich schon lange zwischen den anderen entdeckt. Ich hab schon lange gemerkt, dass du anders bist.«

»Wo warst du dann die ganze Zeit?«, höre ich mich selbst fragen.

»Ich war da. Du hast mich nur nicht gesehen.«

»Doch, ich hab dich gesehen«, sage ich. »Und ich habe dich überall gesucht.«

»Ja, damals im Zug. Da hast du mich gesehen. Aber ich war schon früher da. Manchmal habe ich dich zwischen den anderen suchen sehen, aber ich glaube, du hattest eigentlich Angst, mich zu finden.«

»Angst?«, frage ich. »Vor dir? Warum sollte ich Angst haben?«

»Angst, eine Abtrünnige zu werden. Dabei warst du das schon längst. Und als du mich endlich bemerkt hattest, wurdest du viel zu leichtsinnig. So wie im Zug. Daher erschien es mir besser, wenn du mich nicht findest. Denn was hättest du dann getan?«

Ich zucke mit den Schultern. »Keine Ahnung.« Es klingt bockig und kindisch. Aber es stört mich, dass du glaubst, besser zu wissen, was in mir vorgeht, als ich selbst. Und trotzdem könntest du vielleicht ein bisschen recht haben. Bis vor Kurzem hatte ich Todesangst, eine Abtrünnige zu werden. Bis vor Kurzem wollte ich nichts lieber, als wie die anderen zu sein und mich meinem Schicksal auf der anderen Seite des Meeres gehorsam zu ergeben. Trotz all meiner Zweifel, trotz meiner heimlichen Blicke in den Himmel und obwohl ich immer gespürt habe, dass ich anders bin.

Du blickst hinter dich zur Stadt. »Hast du eigentlich den Gong gehört?«

»Nein«, sage ich.

»Komisch, oder?«

Ich sehe dich eine Weile abwartend an, glaube, dass noch mehr kommen wird, aber du schweigst.

»Weißt du, was da los ist?«, frage ich dann.

Du schüttelst langsam den Kopf. »Keine Ahnung. Zum Glück habe ich zur Sicherheit meine Decke mitgenommen. Ist dir nicht kalt?«

»Nein«, antworte ich schnell. Die Vorstellung, mit dir zusammen unter einer Decke zu sitzen, macht mich ganz schwindelig.

Eine Weile sitzen wir einfach nur da und blicken auf den Horizont, während ich versuche, nicht zu zittern.

»Bist du abgehauen?«, frage ich. »Aus deiner Wohnzelle? Mit der Decke?«

Du nickst. »Ich komme öfter hierher. Aber dieses Mal hatte ich nicht vor zurückzugehen. Und das geht auch nicht mehr, glaube ich.«

»Und jetzt?«

Du zuckst mit den Schultern.

»Erinnerst du dich noch an mehr Dinge von der anderen Seite des Meeres?«, frage ich dann.

»An sehr wenige«, sagst du. »Es ist sehr lange her, glaube ich. Ich erinnere mich an ein Windspiel. Das hing in dem Baum, der auf dem Hügel stand.«

»Windspiel?«

»Wenn Musikinstrumente in der Natur wachsen würden, dann wären es Windspiele. Sie werden von Beseelten hergestellt, aber sie klingen wie der Wind, wie Zweige und Blätter. Wir konnten stundenlang zuhören.«

»Wir?«

Du siehst mich fragend an. »Ja«, sagst du dann. »Ich glaube schon.«

»Familie, meinst du?«

Du nickst, scheinst dir jedoch nicht ganz sicher zu sein. Dann richtest du den Blick auf den Horizont. »Genau. Familie.«

»Aber du bist doch keine Beseelte?«

Als du den Kopf zu mir drehst, ist dein Blick plötzlich so intensiv, dass ich einen Schreck bekomme. »Ich bin genauso beseelt wie alle anderen dort auf der anderen Seite des Meeres«, sagst du mit leiser, aber drängender Stimme. »Und du auch, 8. Lass dir von Evi und diesen entsetzlichen Prinzipien nichts weismachen. Du bist anders, genau wie ich.«

»Glaubst du das wirklich?«

»Nein«, sagst du. »Ich weiß es. Und du weißt es auch. Du weißt, dass du anders bist. Wir existieren nicht, um auf der anderen Seite des Meeres anderen Beseelten das Leben zu erleichtern. Wir gestalten unsere Zukunft selbst.«

Auf einmal schäme ich mich ein bisschen, dass ich so zaghaft bin. Wie gern wäre ich so leidenschaftlich wie du, finde aber alles so verwirrend, so schwer zu greifen. Vor noch gar nicht langer Zeit gab es für mich den einen richtigen Weg, auch wenn ich an allem zweifelte. Und jetzt, nur wenige Wochen später, ist dieser Weg der letzte Weg, dem ich folgen kann und will. Aber welchen anderen gibt es? Wohin kann ich? Es gibt nur diesen Weg zum Wall. Hierherzukommen schien mir bedeutungsvoll, doch der Weg endet in einer Sackgasse, hier an der Kante, wo ich dich treffe, ein Mädchen, das behauptet, beseelt zu sein. Das behauptet, von der anderen Seite des Meeres zu kommen. Familie zu haben. Das behauptet, dass *ich* beseelt sei. Und ich kann nur eines denken: Warum erinnere ich mich an nichts anderes als an Surdus, Kalibrierung, Evi, die Prinzipien, die anderen? Warum kenne ich nichts anderes als den immer selben Tag, jeden Tag? Du sprichst über die Zukunft, aber ich verstehe noch nicht einmal das *Jetzt*.

»Wie soll das gehen, 1000?«, frage ich. »Wie gestalten wir denn unsere Zukunft?«

Du siehst mich an, eine ganze Weile.

»Hier?«, frage ich. »In Surdus? Zwischen den Sehern und den Unbeseelten?«

Du beugst dich zu mir rüber. Ich spüre deinen Atem an meinem Ohr, deine Lippen an meiner Ohrmuschel. »Wir hauen ab«, flüsterst du.

Gänsehaut überzieht meinen ganzen Körper. Am liebsten würde ich dich packen und an mich drücken und nie wieder loslassen, fühle mich aber seltsam unbehaglich. Also lache ich nur ein bisschen steif auf und flüstere, dass das nicht geht. Sofort weicht alles Magische aus dem Wort »abhauen«.

»Ich habe gesehen, wie du in den Himmel geschaut hast, als ein Vogel über uns flog«, sagst du. Du klingst auf einmal niedergeschlagen. »Du träumst doch davon, genau wie ich, oder?«

»Ja«, sage ich. »Das stimmt.«

Und da wird mir klar, dass du genauso hilflos bist wie ich hier in Surdus. Du bist genauso eine verirrte Abtrünnige wie ich, mit Träumen von Vögeln, mit Träumen, über den Wall zu schweben, weg von hier. Die Wandmalerei von dem Kornfeld kommt mir wieder in den Sinn, und ich stelle mir vor, wie du sie betrachtest und dabei genauso ergriffen bist wie ich, und plötzlich verspüre ich so viel Zuneigung für dich, dass ich mich doch zuzugeben traue, dass mir kalt ist. Du schlägst deine Decke auf und legst sie um uns beide. Als ich die Wärme deines Körpers an meinem spüre, muss ich schlucken.

»Vielleicht sollten wir doch abhauen«, flüstere ich.

Vielleicht sind wir ja schon dabei. Auf einmal scheint alles um mich herum heller zu sein. Ich glaube, dass unsere Pupillen sich weiten, wenn wir Glück erleben, sodass dann mehr Licht hineinfallen kann. Meine Pupillen sind jetzt sicher so groß wie die ganze Iris. Schon damals, als ich vor der Wandmalerei stand, habe ich mich so unglaublich lebendig gefühlt, oder als du meine Hand genommen hast oder ich aus dem Terminal auf den leeren Großen Platz gerannt bin oder gerade vorhin zum ersten Mal das Meer gesehen habe. Aber in diesem Moment lebe ich zum allerersten Mal *wirklich*.

Ich möchte dich hundert Dinge fragen, zu deinen Erinnerungen, zum Land auf der anderen Seite des Meeres, ob du nachher wieder verschwunden sein wirst. Aber tatsächlich frage ich dich gar nichts, sondern wir sitzen einfach nur da, Schulter an Schulter, und schweigen weiter, während es immer kälter wird und wir dichter zusammenrutschen und die Köpfe aneinanderlehnen und einfach nur dasitzen und meine Gedanken ab und zu mit dem Wind verwehen. Es ist, als gebe es nichts außer uns. Als existiere nichts anderes wirklich.

»Siehst du?«, sagst du.

IV

Traum

Als ich die Augen öffne, ist es immer noch dunkel. Es kommt mir vor, als ob ich sehr lange geschlafen hätte, doch der Mond scheint keinen Millimeter gewandert zu sein. Ich setze mich auf und sehe dich an der Kante des Walls stehen, den Blick auf den Abgrund unter dir gerichtet.

»Gut geschlafen?«, fragst du, ohne aufzusehen.

Ich stelle mich neben dich und schaue mit dir nach unten, wo der Wall in das Meer eintaucht. Das Tosen der Wellen verweht, bevor es uns hier oben erreicht, das Meer scheint lautlos vor sich hin zu schwappen, sodass es ist, als würden wir auf eine Welt schauen, die nicht zu unserer gehört.

Als ich wach wurde, galt mein erster Gedanke dir. Alles andere kommt mir jetzt nach und nach wieder in den Sinn. Ich drehe mich um und lasse den Blick über die Stadt schweifen. Die Türme glänzen bleich unter den Sternen. Surdus wirkt in der Nacht wie erfroren.

»Irgendwas ist anders, findest du nicht?« Du hast dich auch umgedreht. »Verlassen.«

»Ist es noch immer dieselbe Nacht?«, frage ich. »Oder habe ich einen ganzen Tag geschlafen?«

Du schüttelst den Kopf. »Dieselbe Nacht, soweit ich weiß. Und ich habe noch immer keinen einzigen Schlag gehört. Und siehst du diese Linie dort, hinter dem letzten Turm?«

Ich spähe in die Richtung, in die du zeigst.

»Das sind die Eisenbahngleise«, sagst du. »Auf denen uns der Zug zum Terminal bringt.«

Jetzt sehe ich es auch, und ich weiß genau, welches Stückchen Gleis da zwischen den Türmen hervorlugt: Genau von dort habe ich immer das Glitzern des Meeres über den Wall hinweg gesehen. Genau dort habe ich immer heimlich zum Fenster hinausgeblickt. Hierher, wo ich jetzt bin. Als würde ich in meinem eigenen Tagtraum herumlaufen.

»Es fahren keine Züge«, sagst du. »Ich beobachte das schon seit Stunden.«

Die vernichtende schwarze Welle, die die ganze Stadt aufgesaugt hat, drängt sich in meine Gedanken. Der Riss, mit dem ich sie aufgeschlitzt habe und durch den ich entwischt bin. Ich frage mich, wie *du* eigentlich entkommen bist, ob du auch durch den Riss gesprungen bist. Wie es kommt, dass du genau wie ich auf einmal auf dem Wall bist. Ob du genau wie ich auf einmal beschlossen hast, dass du lange genug gewartet hast. Aber ich frage dich nicht.

»Ich denke, wir sollten uns einen Unterschlupf suchen«, sage ich.

»Das denke ich auch«, sagst du. Dann nimmst du die Decke hoch, faltest sie unter deinem Arm zusammen und kletterst mir voraus die Leiter nach unten. Mit einem Sprint wagen wir uns über den Asphaltplatz, bevor wir uns wieder von den Schatten des Betonlabyrinths verschlucken lassen.

Wir schleichen von Turm zu Turm, scannen alle paar Sekunden die Luft und probieren eine Tür nach der anderen aus, ohne einen einzigen Eingang zu finden. So tauchen wir langsam wieder in die Stadt ein, laufen über das große Viadukt und verschwinden auf der anderen Seite wieder zwischen den Türmen. Und immer mehr durchdringt mich dabei das Gefühl, dass Surdus verlassen ist, genau wie du gesagt hast. Wir probieren falsche Türen, spähen durch undurchsichtige Fenster, bis wir plötzlich nur noch eine einzige Straße von der Promenade entfernt sind. Die letzten Meter schleichen wir, halten uns dich an den Wohntürmen und spähen um die Ecken. Die Promenade ist leer. Kein einziger Seher weit und breit. Und auch hier ist es auffallend still. Zwar hängen die Lautsprecher wie gewohnt an den Masten, doch es tönt kein einziges Geräusch heraus.

»Dein Wohnturm ist doch ganz in der Nähe, oder?«, fragst du leise. »Der muss doch echt sein, oder? Du bist doch selbst jeden Tag dort rausgegangen.«

Das stimmt, denke ich, aber ich zögere. Ich will meinen Wohnturm auf keinen Fall mehr betreten, eigentlich nie mehr.

»Lass uns mal gucken«, sagst du, löst dich von der Wand und läufst, noch immer vorsichtig, auf die Promenade. Ich komme dir nach. Wir müssen nur an drei Wohntürmen vorbei, dann stehen wir schon vor meiner Tür. Als ich letztens aus dem Terminal weggelaufen bin, habe ich, glaube ich, eigentlich mit nichts Bestimmtem gerechnet. Aber auf keinen Fall habe ich damit gerechnet, so schnell wieder vor dieser Tür zu stehen.

Doch ich habe auch keine andere Idee.

»Gut«, sage ich. »Lass es uns versuchen.«

Als ich an der Tür ziehe, bin ich beinahe erstaunt, dass sie sich öffnen lässt. Dahinter liegt die vertraute Eingangshalle. Das grelle Licht aus den Glühbirnen an der Decke, der vertraute Geruch von Staub und Stein und Feuchtigkeit. Und die ersten Treppenstufen, weiter hinten im Dämmerlicht. Alles ist so, wie es immer war.

»Komm«, sagst du und schlüpfst neben mir ins Haus, steigst die Treppe rauf. Ich folge dir in den ersten Stock, wo auf zwei Seiten des Flures die Wohnzellen liegen, genau wie in meinem Stockwerk. Wir probieren vorsichtig eine nach der anderen. Doch hinter keiner einzigen Tür befindet sich eine Wohnzelle, nur Wand.

Wir sehen uns schweigend an, nehmen die Treppe zum nächsten Stockwerk. Der gleiche Gang, die gleichen Türen, alle ohne Öffnung. Im dritten Stock genauso.

»Lass es uns bei deiner Wohnzelle versuchen«, sagst du.

Ich nicke und laufe vor dir die Treppe hoch, bis ich in meinem Stockwerk ankomme. Dort haste ich den Flur entlang bis zu meiner Tür, drücke die Klinke nach unten und spüre gleich, wie sie aufgeht, ohne Probleme, so wie sie immer aufgegangen ist. Dahinter liegt meine Wohnzelle, genau wie erwartet, genauso, wie ich sie zurückgelassen habe. Als ob in ganz Surdus als Einziges nur meine Wohnzelle echt wäre. Den Weg, auf den diese Gedanken führen, will ich gar nicht weiterverfolgen.

»Hübsches Plätzchen«, sagst du, als du hinter mir hereinkommst, und plötzlich bin ich so froh, dass du da bist, dass ich lachen muss.

»Tut mir leid, dass es hier so chaotisch ist«, sage ich und nicke zum Deckenberg auf meinem Bett. »Ich hatte keine Lust, das Bett zu machen.«

Lächelnd stellst du dich ans Fenster und schaust schweigend hinaus. Mir ist, als wäre ich zehn Jahre fort gewesen. Alles in meiner Wohnzelle ist exakt so, wie es war, aber mit dir am Fenster ist der Raum so anders, dass ich ihn kaum wiedererkenne.

»Was glaubst du, was passiert ist?« Du drehst dich zu mir um und schaust mich an.

Ich bin ein bisschen erstaunt. Nie hätte ich gedacht, dass du mich nach meiner Meinung fragen würdest. Ich zucke mit den Schultern. »Keine Ahnung. Was denkst du?«

Du zuckst auch mit den Schultern. Dann schiebst du das Fenster auf, lehnst dich hinaus und blickst nach oben.

»Wir warten schon unser ganzes Dasein«, sagst du. »Es macht überhaupt keinen Sinn, jetzt einfach weiterzuwarten. Wir sind hier. Jetzt. Es ist Zeit zu leben. Okay?«

Bevor ich antworten kann, sitzt du schon mit dem Rücken nach draußen auf der Fensterbank, das Gesicht nach oben gerichtet, und tastest an der Mauer entlang. Dann steigst du auf die Fensterbank, stößt dich ab und verschwindest aus dem Fenster.

»1000!«, rufe ich aus.

Ich haste zum Fenster, lehne mich hinaus und schaue nach oben. Und da sehe ich dich am Regenrohr hochklettern bis zum Dach, sehe, wie du dich abdrückst und hochziehst und über der Dachkante verschwindest. Gleich darauf höre ich deine Stimme. »Das ist ja total irre! 8! Du musst unbedingt kommen!«

Ich atme tief durch, setze mich auf die Fensterbank, packe das Regenrohr, das neben dem Fensterrahmen die Wand hinaufläuft, und widerstehe dem Drang, nach unten zu schauen. Das Herz klopft mir bis zum Hals, während ich aufstehe und von der Fensterbank auf einen Befestigungsring des Regenrohrs trete. So fest ich kann, klammere ich mich an das Rohr und ziehe mich hoch, während du dich über die Dachkante hängst und mir einen Arm entgegenstreckst. Als ich nah genug bin, packe ich ihn, schließe die Augen und stoße mich ein letztes Mal ab.

Ich lasse mich lang ausgestreckt über die Kante fallen, spüre, wie etwas an meinem Gesicht und meinen Händen entlangstreift. Dann öffne ich die Augen. Ein goldenes, wogendes Meer umgibt mich. Ich schnelle hoch, sehe dich ein Stück entfernt an einen Baum gelehnt, an genauso einen Baum wie auf dem Wandbild. Deine Hände streichen über die schwankenden Halme.

»Ein Kornfeld, 8«, rufst du. »Genau auf deinem Dach ...«

Sprachlos laufe ich auf dich zu, spüre, wie das Getreide bei jedem Schritt an meinen Armen entlangstreicht, und mein Erstaunen wächst und wächst. Du zeigst direkt über dich, wo zwischen den Ästen viele kleine silberfarbene Lichter im Mondlicht schimmern wie eine Kette aus Sternen. Die Lichter bewegen sich im Abendwind und bringen eine metallene Melodie hervor, was klingt, als hätte der Wind einen Weg gefunden zu sprechen.

»Ein Windspiel ...«, sage ich.

Du nickst.

»Genau wie in deiner Erinnerung.«

»Ja«, sagst du. »Komisch, oder?«

Kurz überfällt mich dieselbe Angst wie damals, als die Seher aufgetaucht sind und alles schwarz wurde und ich mich nicht mehr rühren konnte. Sie lähmt mich, doch nur einen Moment, bis ich sie mit aller Kraft weit weg seufze, ihr im Kopf einen heftigen Tritt verpasse und sie über den Horizont meines Bewusstseins schiebe, wo sie mich nicht mehr belästigen kann, was auch immer diese Angst ist – etwas, was ich nie, niemals wissen will.

Es fühlt sich doch alles echt an?

Die Getreidehalme unter meinen Fingerspitzen. Die Baumrinde. Der Wind in meinen Haaren. Der Geruch des Meeres, den der Wind mit sich bringt. Du wirkst echt. All deine Bewegungen, dein Augenaufschlag, die verschiedenen Gefühle, die sich dahinter verbergen. Aber wo hast du die ganze Zeit gesteckt? Warum warst du so plötzlich da? Wie kann es sein, dass alles und jeder in dieser Stadt verschwunden ist, nur wir beide nicht? Warum traue ich mich nicht, dich all das zu fragen? Die Welt wird immer merkwürdiger und merkwürdiger. Jede Frage, die in mir aufkommt, teilt sich automatisch in zwei neue Fragen. Wieso können wir einfach so auf dem Dach meines Wohnturms stehen? Wie kann es sein, dass hier ein Kornfeld mit einem Windspiel ist, genau wie in deiner Erinnerung, genau wie auf dem Wandbild? Was ist in jener Nacht geschehen, als ich zum Wall gelaufen bin und um mich herum alles zerschmolzen ist und schwarz wurde? Wo sind die anderen jetzt? Wo ist Evi? Wo bin ich? *Was* bin ich?

Stopp. Verschwinde wieder dorthin, wohin ich dich geschoben habe.

»Was jetzt, 1000?«, höre ich mich selbst fragen. Meine Stimme zittert, und ich hoffe, dass du es nicht merkst. Du wirkst so ruhig, und ich komme mir dumm vor.

»Was jetzt ...?«, antwortest du. »Jetzt legen wir uns mitten in die Halme. Betrachten die Sterne. Lauschen dem Windspiel. Tun, wozu wir Lust haben.«

»Tun, wozu wir Lust haben ...«, wiederhole ich.

Du nickst. »Genau.«

»Aber ... machen wir das *wirklich*?«

»Was meinst du?«

»Das weiß ich auch nicht so genau«, sage ich.

Du schweigst einen Moment.

»Vielleicht nicht«, sagst du dann. »Vielleicht ist all das hier gar nicht wirklich, vielleicht ist es nur ein Traum. Eine Menge Dinge, die wir echt nennen, können wir nicht sehen oder anfassen. Unser Leben, unsere Gedanken, unsere Gefühle. Was macht sie dann echt? Und was macht einen Traum weniger wirklich? Und macht das einen Unterschied?«

Du siehst mich fragend an, aber ich glaube nicht, dass du eine Antwort erwartest. Natürlich weiß ich, dass alles mit der Zeit vergeht und nichts für die Ewigkeit ist. Dass sogar all das, was ich sehen und berühren *kann*, begrenzt ist. Dass alles in gewisser Weise wie ein Traum sein wird, wie Luft. Auch du, auch ich.

Aber ist es wirklich so?

Spielt das alles keine Rolle?

Du lächelst mich an, siehst mich an, als ob du meine Gedanken lesen könntest.

»Wir wissen beide nicht, was geschieht oder was geschehen wird, 8«, sagst du. »Nicht einmal, wie alles in einer Stunde sein wird. Aber wir werden nicht einfach darauf warten, okay? Lieber setzen wir uns hier hin und lauschen dem Windspiel. Und sonst nichts.«

»Das Jetzt«, sage ich.

Du lächelst. »Genau. Du, ich, hier und jetzt. Wirklicher wird es nicht.«

Solitude

Eine Stunde später hat sich nichts verändert. Auch viele Stunden später nicht. Es bleibt Nacht. Die anderen bleiben verschwunden. Evi schweigt. Wir kontrollieren alle Türen in meinem Wohnturm. Wir wagen uns nach draußen, probieren noch mehr Türen und Fenster aus und merken, dass sie alle nirgendwohin führen, keinen Einblick bieten. Unter dem reglosen Mond hinweg laufen wir die Promenade entlang zum Bahnhof, wo der Zug zum Terminal steht – mit offenen Türen, leer und still. Wir beobachten ihn stundenlang, aber es kommt keine Bewegung in den Zug. Surdus bleibt rundum verlassen, als ob die ganze Stadt ein Ort wäre, der aus der Wirklichkeit verschwunden ist.

Der Gedanke, dass alles in einem Wimpernschlag vorbei sein könnte, so als ob wir aus einem Traum hochschrecken, verlässt mich für keinen Moment. Und trotzdem gewöhne ich mich langsam und vorsichtig an mein neues Leben.

Durch die Unsicherheit fühlt sich alles realer an, denke ich. Farben sind heller, Gerüche schärfer, Gedanken tiefer. Kein einziger Moment scheint selbstverständlich zu sein.

Wir streunen leere Wege entlang durch die Nacht, halten Ausschau nach Vögeln, die wir nie sehen. Wir sitzen im Feld unter dem Baum und lauschen dem Windspiel. Wir unternehmen lange Spaziergänge zum Wall, klettern die Leitern hoch und blicken aufs Meer. Ich höre dir zu, wenn du von deinen Erinnerungen an die andere Seite erzählst. Auch wenn ich weiß, dass du dir das alles ausdenkst.

Mein Leben als 8 zwischen Tausenden anderen weht aus meinem Kopf wie eine Staubwolke, bis es eine vage Erinnerung aus einem längst vergangenen Traum sein könnte. Die Seher, meine Kammer, die stumpfsinnigen Fragen, die unendliche Höhe des Terminals, Evi. Es ist eine leere und einsame Vergangenheit, und sie verfliegt langsam.

Als ich wach werde, blendet mich das Mondlicht, das über dem Fensterbrett hereinfällt. Ich erinnere mich an ein Geräusch in meinem Traum, ein raschelndes und knarzendes Geräusch. Doch jetzt, da ich wach bin, höre ich es noch immer. Es kommt aus dem Lautsprecher über dem Bett. Ich bleibe reglos liegen und lausche. Durch das Rascheln und Knarzen höre ich jetzt auch Stimmfetzen, die ab und zu abgehackt durchkommen und wieder versinken wie Ertrinkende in einem Meer aus Rauschen.

Schaut aus dem Fenster, liebe Zuhörer, erklingt da plötzlich eine Stimme durch das Knistern.

Gänsehaut überzieht meine Arme. Ich richte mich langsam auf, steige vorsichtig über dich und schiebe mich zum Fenster, vor dem ein Himmel voller Sterne wartet.

»Was ist denn?«, erklingt deine Stimme, und du setzt dich auf.

»Der Lautsprecher«, sage ich.

Als ich das Fenster aufschiebe, erkenne ich, dass es nicht nur aus dem Lautsprecher in der Wand kommt.

»Hör doch!«, flüstere ich.

Ich beuge mich über das Fensterbrett. Du stellst dich neben mich.

Schaut euch den prächtigen Sternenhimmel an, der uns alle verbindet, erklingt es aus den Lautsprechern auf der Promenade. Die Stimme erinnert kein bisschen an Evi. Sie klingt hell und warm und ruhig. Mein Herz dreht in meiner Brust halb durch.

Wie viele glänzende Augen blicken in diesem Moment zu den Sternen?, fährt die Stimme fort. *Vom Schaukelstuhl auf der Terrasse, vom Fenster einer kleinen Wohnung, von der Brücke eines riesigen Tankers? Und, liebe Zuhörer, wohin schauen wir eigentlich, wenn wir die Sterne sehen? Ganz sicher nicht zu den Sternen, denn die sind ja schon lange erloschen. Bestaunen wir eine Illusion? Ein faszinierendes Gedankenspiel, liebe Zuhörer. Gut, jetzt ist wieder Zeit für Musik. Jetzt kommt Billie Holiday mit »Solitude«.*

Als die Musik beginnt, erkenne ich sie sofort wieder. Es ist dasselbe Lied, das du gesungen hast, als du meine Hand genommen hast. Doch auch wenn ich die Melodie erkenne, habe ich noch nie zuvor wirklich Musik gehört, nicht so wie jetzt. Ich wusste nicht, dass es Klänge gibt, die sich langsam und fein ineinanderschieben, die gleichzeitig sanft sind wie eine Decke und scharf wie ein Messer und die wie ganz nebenbei alle Trauer und alles Glück der Welt zu umfassen scheinen.

Du stehst regungslos neben mir, und ich weiß, dass du dasselbe empfindest wie ich. Woher ich das weiß, kann ich nicht sagen, denn du lehnst dich so weit aus dem Fenster, dass ich dein Gesicht nicht sehen kann. Ich kann also gar nicht wissen, was in deinem Kopf vorgeht. Ich habe keine Ahnung, wie viel Zeit in dieser ewigen Nacht schon verstrichen ist, aber alles in allem habe ich vermutlich höchstens eine Woche mit dir verbracht. Vielleicht haben wir, alles zusammengenommen, höchstens ein paar Stunden miteinander gesprochen. Ich habe dir nicht länger als eine Viertelstunde direkt in die Augen geschaut. Und trotzdem bin ich mir ganz sicher.

Die Musik hört nicht mehr auf. Das Lied wiederholt sich immer wieder, in Endlosschleife. Als wir zu müde werden, um länger am Fenster zu stehen, und wieder unter die Decken ins Bett kriechen, schlafen wir mit der Musik ein, und als wir wach werden, läuft sie noch immer. Das Lied spielt weiter und wird doch niemals langweilig, jedes Mal fühlt es sich an, als würde ich es zum ersten Mal hören. Wenn wir im Bett liegen, ist es wie eine Decke, die uns beim Schlafen zudeckt; wenn wir auf der Promenade spazieren gehen, ist es wie der Wind. Ein fremd klingendes Mantra aus einer anderen Welt:

In my solitude you haunt me
With reveries of days gone by.

Manchmal ist mir, als würde die Welt von der anderen Seite des Meeres mit der Musik zu uns herüberwehen. Dann hängen wir über dem Geländer auf dem Dach und riechen die Wiesen und Wälder, die Palmstrände und Wüsten, Vulkane und Grotten. Und auch wenn ich eigentlich nicht glaube, dass es möglich ist, riechen wir sie wirklich, genau wie wir die Musik wirklich hören.

Was macht einen Traum weniger wirklich?, hast du gefragt.

Ist das Meer eine Barriere, die wir niemals überwinden können? Ist das Hier und Jetzt vielleicht bereits unsere Flucht? Können wir hier unsere eigene Zukunft gestalten, beseelt oder unbeseelt oder was auch immer?

Tun wir das nicht bereits?

Zeitgefühl habe ich fast überhaupt nicht mehr. Der Mond sieht immer gleich aus, er scheint am Himmel festgefroren zu sein. Manchmal sitzen wir mitten im Zimmer auf dem Boden und baden in der Pfütze aus Licht, die durch das Fenster fällt. Und dann denke ich daran, dass es unmöglich ist, dass der Mond nicht einfach immer dort hängen kann und dass so vieles von dem, was geschieht, nicht sein kann. Aber dann höre ich dich seufzen oder atmen oder hüsteln, oder du sagst etwas zu mir, und dann denke ich nicht mehr daran. Ich will auch gar nicht daran denken. Ich will mit dir im Mondlicht sitzen, bis wir so schläfrig sind, dass uns die Augen zufallen.

Unsere Wirklichkeit wird immer mehr von Langsamkeit bestimmt. Als ob alles, Stück für Stück, immer mehr in Zeitlupe verläuft. Unsere Gedanken, unsere Vorstellungen. Die Langsamkeit hüllt mich ein. Alles ist in Bewegung, aber so langsam, dass man innehalten muss, um es zu bemerken. In dieser Trägheit, diesem Beinahe-Stillstand, beginnt alles vor meinen Augen zu zittern, zu gären und zu atmen.

So sitzen wir auf dem Wall und betrachten die Aussicht. Sehen Wolkenfetzen an den Sternen vorbeiziehen, versuchen, die Muster im Glitzern der Wellen zu ergründen, fangen Gerüche von der anderen Seite des Meeres ein und gestalten Welten, die es vielleicht gar nicht gibt.

Manchmal sehe ich dich heimlich an, wenn du am Fenster stehst. Manchmal erhasche ich dabei ein Lächeln auf deinem Gesicht. Dann stelle ich mir vor, wie du vor der Wandmalerei mit dem Kornfeld stehst. Und dann glaube ich dir für einen Moment. Dass du wirklich von der anderen Seite des Meeres kommst. Dass deine Geschichten wahr sind.

Aber noch immer ist kein Moment selbstverständlich. Jedes Mal, wenn ich aus dem Fenster schaue, habe ich Angst, am Himmel lauter Seher zu erblicken. Jedes Mal, wenn ich schlafen gehe, habe ich Angst, vom ersten Schlag wach zu werden. Und davor, dass du dann verschwunden bist.

Schwestern

»Jeder hat zwei Gesichter, wusstest du das?«, fragst du.

Du liegst mit der Hand unter dem Kinn auf dem Bett und betrachtest mich ungeniert, wie ich auf dem Fensterbrett sitze und hinaussehe.

»Oder eigentlich drei«, fährst du fort. »Eins links, eins rechts und beide Seiten zusammen. Links und rechts kombiniert, macht die meisten Gesichter so unergründlich, dass es nie langweilig wird, sie anzuschauen.«

Du richtest dich auf und hältst deine Hand direkt vor meine Nase, um mein Gesicht zu teilen.

»Du wirkst links erstaunt, fast schon naiv«, sagst du und legst dich wieder hin. »Und rechts ... durchtrieben, fast schon frech. Manche haben zwei fast gleiche Hälften. Mit der Folge, dass ihr Gesicht entsetzlich langweilig und leer wirkt. Ist dir das auch schon aufgefallen?«

»Nein«, sage ich. »Das ist mir nicht aufgefallen. In Surdus

sehen doch alle genau gleich aus, oder? Genau wie du und ich. Das ist das wirklich Langweilige.«

»Findest du?«, fragst du. »Sehe ich so aus wie du? Links genauso naiv?«

Ich lächle. »Mindestens.« Ich tippe an deinen Hinterkopf. »Sogar rundherum dumm.« Dann lege ich mich hinter dich aufs Bett. Ich betrachte deinen Rücken, spiele ein bisschen mit deinem Haar, das dir voll und wirr über die Schultern fällt.

Und dann stelle ich dir endlich alle Fragen. »Wenn du nicht hier in Surdus wärst, wenn du alles sein könntest, wofür würdest du dich entscheiden? Und wie? Ganz allein?«

Und du antwortest: »Schafhirtin. Alt werden und immer noch Scharfhirtin sein. Warum auch nicht? Letztlich sind doch alle allein. Zwei Menschen können nie zu einem werden. Am Ende ist jeder in seiner eigenen Haut eingeschlossen.«

»Du meinst also, alle sind allein?«, frage ich. »Auch hinter dem Wall? Auch dort, wo du herkommst?«

Du nickst. »Ich denke, dass alle allein sind.«

»Und wir?«

»Wir sind zusammen«, sagst du. »Als Einzige auf der Welt.«

»Warum gerade wir?«

»Weil wir Schwestern sind.«

»Es gibt sicher auf der anderen Seite des Meeres noch mehr Schwestern«, sage ich.

»Ja«, sagst du. »Aber nicht solche wie uns.«

Du drehst dich kurz zu mir um und lachst mich an.

»Kämst du mit aufs Meer, wenn ich ein Boot hätte?«, fragst du nach einer Weile.

»Ein Boot?«

»Ja, 8. Ein Boot. Wir können nicht für immer hierbleiben. Es wird der Tag kommen, an dem wir aufs Meer hinausmüssen.«

Ich schlage lächelnd die Arme um dich. Den Kopf lehne ich an deine Schulter.

Schwestern, denke ich. Ich sehe es vor mir. Auf einem Boot mitten auf dem nächtlichen Meer. Rundherum eine tiefschwarze Welt und über uns eine blauschwarze Welt mit funkelnden Sternen. Das Schaukeln, das mich müde macht. Das Gluckern von unsichtbaren Wellen. Bullaugen, hinter denen warmes gelbes Licht scheint. Und wir schweigend an Deck. 1000 und ich.

Ich erwache aus einem tiefen Schlaf. Billie Holiday singt leise aus dem Lautsprecher. Du liegst zusammengerollt auf deiner Decke und schläfst. Ich richte mich vorsichtig auf und betrachte dich. Dein Körper ist nur eine zerbrechliche Hülle, während du irgendwo ganz woanders bist, vielleicht weit weg hinter dem Wall, vielleicht bei deiner angeblichen Familie, während du über dein erfundenes Kornfeld blickst.

Ich berühre vorsichtig deine Hand, lasse meine Hände durch deine Haare gleiten. Dein Mund öffnet sich leicht, und deine Lippen formen sich zu einem Lächeln.

»Naiv«, murmelst du.

Ich muss lachen. Vorsichtig mache ich einen Schritt über

dich hinweg zum Fenster, wo ich in der Ferne zwischen den Türmen Stückchen vom Wall suche. Ich stelle mir vor, dass ich mit dir mit dem Seewind mitfliege, über die Wohntürme, den Wall in ein fremdes Land.

»Bist du noch da?«, fragst du auf einmal hinter mir.

Ich drehe mich um. Du liegst noch genauso zusammengerollt auf der Decke wie eben, die Augen sind noch geschlossen.

»Ich wohne hier, glaube ich«, sage ich.

»Ist noch Nacht?«

»Was glaubst du?«

Du öffnest die Augen, dein Blick folgt mir durch die Wohnzelle, während ich auf dich zugehe und direkt vor dir stehen bleibe.

Dann kniest du dich vor mich hin, bis dein Gesicht meinem ganz nah ist. Ich fühle deine Haut dicht an meiner. Deine Augen sind alles, was ich sehen kann. Meine Hände zittern, greifen aber nach dir und ziehen dich näher an mich. Kurz scheint es, als würdest du dich von mir in die Arme schließen lassen, aber dann weichst du auf einmal zurück und löst dich von mir.

»Schließ die Augen«, sagst du. »Ich werde dir ein Geheimnis anvertrauen.«

Ich sehe dich an. Voller Ungeduld.

»Sag schon.«

»Erst die Augen zumachen.«

»Hab ich.«

»Du blinzelst noch.«

»Okay. Jetzt sind sie zu.«

Ich spüre deinen Atem an meinem Ohr.

»Auf deinem Bett sitzt niemand«, flüsterst du.

»1000 ...«

»1000 gibt es nicht. 1000 existiert nicht.«

Deine Stimme klingt auf einmal ganz eigenartig, so dunkel und traurig, dass ich erschrocken die Augen öffne. Vor mir liegt ein Gewirr aus Decken. Sonst nichts.

Für einen Moment steht mein Herz still. Mit einem Ruck ziehe ich die Decken vom Bett.

Da bist du.

Du bist einfach da. Du liegst ganz normal da und lachst mich an, auch wenn es ein trauriges Lachen ist. Es macht dich nur noch hübscher.

»Die Zeit steht still«, sagst du. »Du musst mich nie mehr loslassen.«

Dann ziehst du mich an dich, presst deinen Kopf an meinen. Ich versuche, die Arme um dich zu legen, aber sie zittern zu sehr. Mir ist so kalt, als wäre ich im Eis eingebrochen und würde im eisigen Wasser versinken.

»Geht es dir gut?«, fragst du.

»Es geht mir sehr gut«, sage ich.

Schwarz

Ich wache mit einem unguten Gefühl auf.

Was habe ich geträumt, dass ich mich so fühle? Ich stehe auf und gehe zum Fenster, und als ich hinausschaue, bekommt das schreckliche Gefühl eine deutlichere Gestalt. Es scheint aus einem anderen Dasein zu kommen, einem Dasein, das sich so weit von mir entfernt hat, dass ich es fast vergessen habe. Aber es ist nicht weg, ich erinnere mich noch. Natürlich erinnere ich mich noch: an den Terminal, die Seher und Evi und die anderen und an das Unbehagen, das ich verspürt habe, wenn ich im Terminal war – dasselbe Unbehagen verspüre ich jetzt. Als würde mich etwas, was ich nicht sehen kann, beobachten.

»Du hast unruhig geschlafen«, erklingt deine Stimme.

Ich wende mich von der Aussicht ab, froh, dass du wach bist und mich ablenkst.

»Geht es dir gut?«, fragst du. »Du siehst schlecht aus.«

»Ich hab irgendwie komisch geschlafen, glaub ich«, sage ich. Dabei grinse ich, vermutlich ziemlich dämlich.

Als ich wieder rausgucke, ist das Gefühl weg, von der Ablenkung verpufft.

Du stehst auf und stellst dich neben mich ans Fenster. Eine Zeit lang stehst du einfach nur da und starrst in die Nacht, und es ist, als ob ich sehen könnte, wie deine Gedanken zwischen den Sternen herumschweben.

»Manchmal ist es einfach nur ein Geruch«, sagst du dann. »Oder die Art, wie das Licht fällt. Der Klang eines Hüstelns im Zimmer oder die Farbe des Himmels. Es kann so vieles sein.«

»Was denn?«, frage ich, als du nichts weiter sagst.

Du siehst mich an, wirkst erstaunt, als ob du gerade vergessen hättest, dass ich neben dir stehe.

»Heimweh«, antwortest du. »Aber ich weiß nicht, wonach. Nach einer Zeit, die nicht meine Zeit ist, nach einem Ort, an dem ich nie gewesen bin. Heimweh nach einem Leben, das nicht meins ist.«

Ich sehe dich eine ganze Weile an, während du wieder hinausblickst und mich erneut vergessen zu haben scheinst.

»Wusstest du das von dem Dach?«, frage ich dann.

»Von dem Dach?«

»Von meinem Dach. Das Kornfeld.«

»Nein, natürlich nicht«, sagst du. »Wie hätte ich das wissen können?«

»Und hast du ...«, beginne ich, zögere kurz, aber frage dann doch. »Hast du irgendwann mal das Wandbild gesehen?«

Du wendest den Blick vom Fenster ab und schaust mich an. »Wandbild?«

»Ja«, sage ich. »Von einem Kornfeld auf einem Hügel. Und von zwei beseelten Mädchen, die hindurchlaufen.«

Du starrst mich lange an. Deine Augen sehen durch und durch schwarz aus, auch wenn gleichzeitig etwas darin zu wirbeln scheint. Und ich habe das Gefühl, dass ich lieber nicht weitersprechen sollte.

»Nein«, sagst du dann. »Das habe ich nicht gesehen. Erinnert es dich an mein Kornfeld?«

Ich nicke, oder jedenfalls tun das meine Nackenmuskeln. »Ja, eigentlich sieht es ganz genauso aus«, sagen meine Stimmbänder.

»Und das Windspiel?«

»Nein, das nicht, glaube ich. Das ist auf dem Wandbild nicht zu sehen.«

»Und trotzdem glaubst du mir nicht«, sagst du.

Ich antworte nicht, senke den Blick.

»Komm, lass uns rausgehen«, sagst du. »Ich habe Lust, ein Stück zu laufen.«

»Tut mir leid«, sage ich.

»Was denn? Du musst glauben, was du glauben willst, 8.«

Du siehst mich an, bis ich mit den Schultern zucke.

Auf einmal ist das unangenehme Gefühl zurück.

»Komm«, sagst du wieder. »Lass uns rausgehen.«

»Vielleicht sollten wir lieber drinbleiben, 1000«, sage ich.

Du verziehst erstaunt das Gesicht. »Was ist denn auf einmal mit dir los?«

»Es ist nur so eine Vorahnung«, sage ich. »Eine unbestimmte Vorahnung.«

Du fängst an zu lachen. »Du kannst wirklich ganz schön ängstlich gucken, 8. Komm, wir drehen eine kleine Runde. Sonst gehe ich allein.«

Gerade will ich sagen, dass ich dann doch lieber mitkomme, da hast du schon meine Hand gepackt, und ich lasse mich von dir mitziehen, hinaus aus meiner Wohnzelle, die dreißig Stockwerke hinunter. Als wir ins Freie treten, drehst du dich um und lachst mich an. Dann läufst du auf die Promenade – mitten ins Mondlicht hinein – und schleifst mich mit dir mit.

»Siehst du, alles in Ordnung, 8«, rufst du.

Aber es ist nicht alles in Ordnung. Dein Gesicht verfinstert sich, und im selben Moment schießt an meinen Augen ein Licht vorbei. Suchlicht. Ich sehe nach oben, und da sind sie: mindestens zehn Seher. Wir starren uns an, und ich glaube, dass wir versuchen, in einem einzigen Augenblick all das zu sagen und zu fühlen, wofür es jetzt auf einmal zu spät ist.

»Lauf zum Wall«, flüsterst du dann. »Dort treffen wir uns. Versteck dich, so gut es geht, und pass auf, dass sie dich nicht sehen.«

Dann lässt du meine Hand los und rennst von mir weg die Promenade hinunter, und bevor ich etwas sagen kann, bist du zwischen zwei Türmen verschwunden. Ich selbst bleibe stehen wie festgefroren und starre in den Himmel, viel zu lange, aber es kam alles so plötzlich, dass ich es kaum glauben kann. Auch wenn ich es eigentlich die ganze

Zeit gewusst habe, hat mich die endlose, stille Nacht der Langsamkeit eingelullt. Dabei war es einfach eine Frage der Zeit.

»Jetzt lauf schon, Dummerchen«, ruft eine Stimme in mir. Und dann renne ich los – zwischen den Türmen hindurch, weg von der Promenade.

Der Wall, denke ich währenddessen fieberhaft. Und dann? Was, wenn ich dort bin?

Als ich mich umdrehe, sind die Seher dicht hinter mir. Ihre Suchlichter schießen über mich hinweg, scheinen von überallher zu kommen. Ich laufe kreuz und quer zwischen den Türmen hindurch, so schnell, dass der Weg nur so unter meinen Füßen hinwegschießt. Mein Bewusstsein löst sich von meinem Gehirn, rutscht in meine Füße zu dem Dröhnen, das sie auf dem Boden auslösen. Mein Bewusstsein und meine Füße, Zehen, Waden sind eins. Die Sicht verengt sich zu einem lupenartigen Tunnelblick, sodass mir winzige Dinge vorkommen wie Giganten: lose Steinchen und Risse im Asphalt direkt vor meinen Füßen, eine Nische, die nicht tief genug ist, als dass ich mich darin verstecken könnte, Schimmer von Sehern vor mir und über mir und dann plötzlich eine winzig schmale Gasse zwischen zwei Türmen. Ich schieße hinein und renne weiter, biege um die Ecke und um noch eine und noch eine, wage vorsichtig zu denken, dass das hier vielleicht meine Rettung sein könnte, und laufe weiter im Zickzack, bis ich so tief in dem Labyrinth aus Wegen untergetaucht bin, dass mir sicher kein Seher gefolgt sein kann.

Ich bleibe stehen und lasse mich an eine Wand gelehnt nach unten gleiten. Mir brennen die Lungen und meine Spucke schmeckt nach Blut. Doch abgesehen von meinem Keuchen ist alles still. Kein Surren der Seher. Über mir, zwischen den turmhohen Mauern der Gasse, ziehen Wolken wie wütende Geister am Himmel vorbei. Dort oben weht noch immer derselbe Wind. Der freie Wind, der nur wenige Minuten braucht, um an Surdus vorbeizuziehen, und dann weiterweht übers Meer, rund um die ganze Welt.

Wie es dir wohl ergangen ist? Konntest du die Seher abschütteln? Hast du es zum Wall geschafft? Werden wir uns dort wiedertreffen? Und dann? Ins Meer springen? Mit den Sehern auf den Fersen, ertrunken, noch bevor Surdus am Horizont verschwunden ist?

Hör auf zu grübeln, 8, sage ich zu mir selbst. Der Wall ist eine andere Welt. Deine Welt besteht nur aus dieser Gasse. Nicht mehr. Weiter dürfen deine Gedanken jetzt nicht wandern. Für den Moment bist du sicher. Solange es nur still bleibt.

Aber das bleibt es nicht, und eigentlich war mir das auch klar. Ich höre sie wieder, irgendwo in der Ferne hinter meiner Gasse. Dann blitzt Licht auf. Suchlampen. Sie haben mich gefunden.

Ich rappele mich auf, spüre aber sofort wieder tiefe Erschöpfung. Meine Muskeln wollen eigentlich nicht mehr. Aber das Surren ist echt, und die Lichter sind echt, und in ein paar Sekunden werden sie hier sein und mich anleuchten. Ich habe keine Wahl, ich muss rennen. Also laufe ich wieder los, auch wenn ich immer noch nicht weiß, wohin. Ich habe keine Ahnung mehr, in welcher Richtung der Wall liegt, keine Ahnung, ob ich in diesem Labyrinth gleich gegen eine Wand laufen oder den Sehern Auge in Auge gegenüberstehen werde.

Der Boden fliegt schneller vorbei, als ich Schritt halten kann, nur meine Zehen haben überhaupt noch Kontakt, als wäre ich in einem ewig dauernden Sturz gefangen, der nie aufhört. Wieder biege ich irgendwo ab, knalle dabei gegen Mauern, weil ich nicht mehr wendig genug bin, reiße mir die Haut auf. Und dann, auf einmal, öffnet sich der Weg zu einem Platz, und ich sehe, nicht weit entfernt, die Walfischrippen des Bahnhofs. Der Zug zum Terminal steht immer noch mit geöffneten Türen an derselben Stelle, und ich laufe so schnell darauf zu, wie mich meine Beine noch tragen können. Dann tauche ich durch die offen stehenden Türen hinein, ducke mich unter eine Sitzbank und halte still.

Aber wieder dauert es nicht lange, bis flackerndes Licht durch die Zugfenster fällt. Das Licht wird greller, sie kommen näher. Ich höre ihr Surren. Sie scheinen genau zu wissen, dass ich hier stecke. Sie sind sicher zu zehnt und schweben um den Zug herum. Ihre Suchlichter schießen von Fenster zu Fenster, zeichnen seltsame Schatten auf den Boden. Immer länger bleiben sie über dem Fenster hängen, das direkt oberhalb von mir ist, ihr Licht ist immer öfter auf die Lehne der Sitze über mir gerichtet. Ich versuche, nur noch ganz flach zu atmen, so langsam und still, wie ich kann. Ich traue mich nicht einmal mehr zu zwinkern. Aber den Kopf bekomme ich nicht still, und es ist, als könnten sie durch die Wände des Zugs meine Gedanken hören. Jetzt sind sie drinnen, erkenne ich erschrocken. Und sie kommen auf mich zu. Sie wissen, dass ich hier unter dem Sitz kauere. Weglaufen ist unmöglich. Ich bin unter den blöden Sitzen eingeklemmt. Was für ein schlechtes Versteck! Das Einzige, was ich noch machen kann, ist, mich nicht zu rühren. Nicht zu atmen, nicht zu blinzeln, nicht zu zittern, nicht zu denken.

Nicht denken, 8.

Nicht denken.

Nicht – aber, ach, natürlich denke ich, mein Kopf war noch nie so voll von Gedanken, und es gibt nichts, was ich dagegen tun kann. Die Gedanken brodeln in meinem Kopf, der viel zu klein ist, der sie nicht mehr lange halten kann.

Mein Bewusstsein scheint von einem einzelnen Punkt in meinem Kopf aus zu etwas Gigantischem zu explodieren, etwas, das nicht nur mich, sondern auch den Zug und die Seher und ganz Surdus umfasst.

Und ehe ich es realisiert habe, bin ich aus meinem Versteck gesprungen und stehe jetzt im Waggon zehn Sehern gegenüber, zitternd und rasend vor Wut. Mein Schrei ist ein Sturm, der durch den Wagen bläst, ein Schatten, der in sie eindringt, Strom, der durch ihre Blutbahn jagt. Und tief in ihnen finde ich das, was sie antreibt – einen Code, eine lange Liste von Nullen und Einsen. Ich reiße ihn heraus und zerfetze ihn, dann schieße ich wieder aus dem toten Stahl heraus.

Bevor mir klar wird, was geschehen ist, fällt einer nach dem anderen zu Boden. Die Raserei in mir verstummt, ich kehre zu mir zurück, bis ich wieder an einem einzigen Ort vereint bin: im Kopf von 8, dem Mädchen im Zug, erschöpft und ausgelaugt. Ich bleibe ganz still stehen, aber das Surren ist verstummt, durch die Fenster sind auch keine Lichter mehr zu sehen. Mein Blick wandert zu den Überresten der Seher. Ich habe nicht die geringste Ahnung, was ich gerade getan habe, aber ich erinnere mich genau, ich fühle noch, wie es war, in ihnen zu sein, spüre noch, wie fokussiert mein Geist war, wie zielsicher mein Handeln. Begreifen kann ich es jedoch nicht.

Ich steige über die regungslosen Seher hinweg zur Tür. Keine Suchlichter weit und breit. Vorsichtig wage ich mich hinaus.

Und dann spüre ich, dass es doch noch nicht vorbei ist.

Wir haben sie gefunden, aber sie hack01110100 00100000 01100100 01101001 01100101 00100000 01010011 01101111 01100110 01110100 01110111 01100001 01110010 01100101 0000101, höre ich es auf einmal über mir zwischen den Rippen des Bahnhofs. Wieder die Stimme aus dem Nichts. Als ich hochschaue, sehe ich nur die Sterne.

Startet den Beendigungsprozess.

Evi. Schon wieder.

Und dann geht es von vorn los.

Die Dunkelheit verändert sich. Wird dicker. Schwärzer.

Nicht schon wieder, denke ich.

Nicht gerade jetzt.

Manche Nächte sind dunkler als andere, 8, beruhige ich mich selbst. Dabei weiß ich genau, was jetzt kommt. Es wird kälter. Die Art, wie die Dunkelheit mich umringt, hat etwas Bedrohliches, als ob sie selbst ein Bewusstsein hätte, das mich beobachtet.

Die Gebäude, zwischen denen ich gerade noch zickzack gelaufen bin, sacken vor meinen Augen zusammen wie durchweichtes Papier. Schwärze kriecht von den Fundamenten am Beton nach oben und pulverisiert die Türme wie nasse Asche. Die Rippen des Bahnhofsgebäudes zerstäuben über meinem Kopf, der Zug verschmilzt zu einer matschigen Pfütze.

Ganz Surdus stürzt in völliger Stille zusammen, und ich stehe mittendrin. Fieberhaft suche ich nach einem Riss in der Dunkelheit, einer Fluchtmöglichkeit, so wie damals, als ich die Schwärze aufgerissen habe und durch den Riss aus Licht getaucht bin, an einen sicheren Ort, jenen Ort, an dem 1000 war.

Aber da ist nichts.

Also laufe ich los, auch wenn ich kaum vorankomme und meine Beine sich so schwer anfühlen wie Blei. Aber ich muss weiter, sag ich mir selbst. Bis ich irgendwo ankomme, bis ans Meer, wenn es das noch gibt. Laufen, bis ich dich wiederfinde.

Aber dann ist auch die Luft so schwarz, dass nichts mehr zu sehen ist, und ich muss stehen bleiben und den Boden berühren, um mich zu vergewissern, dass ich noch an einem Ort bin, an dem so etwas wie ein Boden wirklich existiert.

Vor mir und um mich herum und sogar an meinen Füßen ist es jetzt so dunkel, dass es sich anfühlt, als würde ich im Nichts schweben wie ein orientierungsloser Astronaut in einem All ohne Sterne.

»Evi?«, flüstere ich.

Keine Antwort.

Meine Lider scheinen von unsichtbaren Fingern nach unten geschoben zu werden, meine Füße von unsichtbaren Gummibändern zum Grund gezogen. Während ich mich noch einmal bücke, um den Boden zu berühren, bin ich sogar zu müde, um mich zu erschrecken, als plötzlich wieder ein Surren erklingt.

Eine ganze Gruppe von Sehern hat mich umzingelt. Ich lasse mich zu Boden fallen, ich kann nicht mehr laufen, mir kein Versteck mehr suchen. Der Boden ist kalt, aber ich schaffe es trotzdem nicht mehr aufzustehen. Die Seher sinken weiter nach unten. Ich fühle ihre Blicke auf mir. *Sie sehen mich*, genau wie das Unheimliche, das sich hoch oben im Terminal verborgen hält. Die Dunkelheit um mich herum verändert sich, wird so dicht, dass sie mich erdrückt, immer dichter, presst sich gegen die Haare an meinen Armen, gegen die Hornhaut meiner Augen. Es fühlt sich an wie eine Schwärze, die mich perfekt einschließt, und gleichzeitig ist diese tiefe Dunkelheit unendlich, und ich kann deutlich fühlen, wie nichtig ich in all dieser Unendlichkeit bin. Ich zittere, schüttle den Kopf, seufze ein paarmal tief, sei es auch nur, um mir zu versichern, dass ich wirklich da bin, etwas, woran ich hier in diesem vollständigen Dunkel langsam zweifle.

»Du bist hier«, versuche ich es noch einmal. Ich will die Arme um mich selbst schlingen und mich warm rubbeln, mein Gesicht berühren, um mich allem zu vergewissern: meiner Nase, meiner Lippen, meiner Wange, meiner Wimpern. Aber ich kann mich nicht mehr bewegen, ich stecke fest, als ob die schwarze Luft, die mich umgibt, eine Masse geworden ist.

»Du bist hier«, sage ich noch einmal. Aber es hilft nichts.

Die Schwärze ergreift von mir Besitz, als ob sie Wasser wäre und ich ein Lappen, der sie in sich aufsaugt. Schwere überfällt mich. Ich fühle mich schwer und traurig, weil ich mich selbst verlieren werde.

Beendigung 0100010einahe volle01101110 01100100 01100101 01110100, höre ich irgendwie mitten im Schwarz.

Okay, 01101110 01101111chmal dann.

Nochmal? Wirk01101100 01101001 01100011 01101000? Ich weiß nicht, ob –

Uploaden, Richard. J01100101 01110100 01111010 01110100!

Dann fallen ihr die Augen zu. Sie sackt in sich zusammen und sofort drängt die Schwärze um sie herum in sie hinein.

V

Ich

Einatmen und Ausatmen, sonst nichts, eine ganze Zeit lang. Erst als sie die Augen öffnet, merkt sie, dass außerhalb von ihr eine ganze Welt existiert. Eine Wirklichkeit, die sie umgibt, sie von allen Seiten umhüllt, schwer und leer und still.

Die Wirklichkeit ist noch unbestimmt. Wie ein Traum, in den sie ab und zu versinkt. Die langsamen Veränderungen verraten die Existenz der Zeit, die alles bestimmt: die Morgendämmerung, die Dunkelheit, die grau wird, die kühle Luft, die an ihrem Gesicht entlangströmt.

Ein schrilles, kurzes Piepen erklingt in ihrem Kopf. Ihr Gehirn spannt sich an, schafft es aber nicht, sich zu fokussieren, kann nirgends einhaken und löst sich schließlich wieder. Danach herrscht Leere in ihrem Kopf, die nur hier und da, kaum merklich von wirren Gedanken unterbrochen wird. Sie handeln von verwaschenem Mondlicht, von Musik, vom Ertrinken.

Sie entdeckt, dass sie dort weitergeht, wo ihr Bewusstsein endet: Der Bauch, der sich hebt und senkt, ist ihr Bauch. Die Arme und Beine daneben stehen unter ihrem Befehl. Was die Finger fühlen, fühlt sie auch. Sie betrachtet die Hände, die Teil von ihr sind, und danach die Dinge, die dort beginnen, wo sie aufhört. Die Wirklichkeit, die unabhängig von ihr besteht, sich aber vage vertraut anfühlt. Sie ist hier schon mal gewesen. Sie ist hier immer gewesen. In diesem Bett hat sie immer geschlafen. Durch diese Tür ist sie immer gegangen. Und das Fenster ... das Fenster überspült sie mit zahlreichen Assoziationen, aber es sind abstrakte, komplizierte Formeln. Sie fesseln sie, obwohl sie gleichzeitig nichts davon begreift. Vielleicht waren sie einmal ein Teil von ihr. Jetzt aber sind sie von ihr gelöst.

Sie richtet sich auf und schlurft zum Fenster. Hunderte Monolithen aus Beton steigen in den Himmel auf. Sie betrachtet ihre Hände, ihre Arme, die dünne Haut, die darüber gespannt ist. Sie tastet ihr Gesicht ab, spürt eine Wunde am Kinn und erinnert sich an eine Gefahr, eine Flucht. Ein Versteck, einen geheimen Ort mit Sternen und Stille.

Wie ein feines Rinnsal tröpfeln die Gedanken zurück in ihren Kopf, einer nach dem anderen. Der Wall und der Horizont tropfen hinein. Das Sternenzelt über dem wogenden Korn. Das Funkeln von einer Million Mondspiegelungen im Wasser.

Der kurze Piepton erklingt zwei Mal in ihrem Kopf. In der Wand an ihrem Bett knarzt es.

Evi, erinnert sie sich.

01010111 01101001 01101100 01101100 01101011 01101111 01101101 01101101 01100101 01101110 00100000 01111010 01110101 01110010 11111100 01100011 01101011 00101100 00100000 01000001 01100011 01101000 01110100 00100001 00100000 01001011 01100001 01101100 01101001 01100010 01110010 01101001 01100101 01110010 01110101 01101110 01100111 00100000 01101001 01101101 00100000 01010100 01100101 01110010 01101101 01101001 01101110 01100001 01101100 0010111, sagt die Wand.

1000, schießt es ihr in den Kopf.

1000 und …

Als ob mir erst dann klar würde, dass ich am Ertrinken war, als ich schon wieder aus dem Wasser hochkomme, fülle ich meine Lunge mit Luft.

»1000 und ich …«, flüstere ich.

Sprung

Noch bevor der dritte Schlag erklingt, bin ich aus meiner Wohnzelle herausgelaufen, in den Flur, die dreißig Stockwerke nach unten.

Nicht schon wieder, denke ich. Nicht schon wieder.

Graues Morgenlicht hängt über den weißen Türmen. Noch ist die Promenade verlassen, aber als der dritte Schlag erklingt, strömen die anderen nach draußen, aus den Türmen ohne Innenleben, durch die Türen ohne Öffnung. Die Zeit steht nicht länger still. Alles ist wieder im Gang, als wäre nichts gewesen. Sie haben mich einfach zurückgesetzt.

Evi spricht aus den Lautsprechern auf der Promenade:

Hör 01111010 01110101 00101100 00100000 01110011 01100101 01101001 00100000 01100111 01100101 01101000 01101111 01110010 01110011 01100001 01101101 00101100 00100000 01100110 01101111 01101100 01100111 01100101 00101110

Zweifel 01101110 01101001 01100011 01101000 01110100 00101100 zögere01101110 01101001 01100011 01101000 01110100 00101100 hinterfrage01101110 01101001 01100011 01101000 01110100 00101100

Sei hilfreich 01110101 01101110 01100100 00100000 ergeben.

Unterwirf dich dem Willen der Beseelten.

Ich höre ihr nicht zu. Stattdessen bahne ich mir einen Weg durch die immer dichter werdende Menge, ignoriere die Schatten der Seher über mir.

»1000!«, rufe ich.

Ich springe, um größer zu sein als die anderen, hoffe auf irgendeine Art von Unruhe in der homogenen Masse. Aber es passiert nichts, außer dass alle um mich herum zur Seite treten, wodurch sich ein großer, weiter Kreis um mich bildet.

»1000!«

Die Schatten der Seher werden zahlreicher, aber ich sehe nicht hoch, beäuge nur die Masse der anderen, von Gesicht zu Gesicht, von dunklem Haarschopf zu dunklem Haarschopf. Ich spitze die Ohren, ob ich vielleicht jemanden singen höre.

Singen. Als ob, 8, Dummerchen!

Mir wird bewusst, dass ich keine Ahnung habe, in welchem Wohnturm du eigentlich wohnst. Dass wir nicht ein einziges Mal an deiner Tür waren. Dass ich daran keinen Moment gedacht habe. Dass du das auch nie vorgeschlagen hast. Dass ich nicht verstehe, warum nicht, und dass ich mich nicht traue, weiter darüber nachzudenken.

»1000!«, versuche ich es noch mal.

Ich spüre die Blicke der Seher im Rücken und kann sie

nicht mehr länger ignorieren. Ich spüre, wie sie in mich hineindrängen, und weiß, dass ich jetzt rennen muss, weg von hier. Sicher werden sie mich wieder jagen, um mich in ihr schwarzes Nichts einzuwickeln. Aber dieses Mal wird es anders laufen. Dieses Mal zeige ich ihnen, wo es langgeht. Ihnen allen. Den Sehern. Evi, ganz Surdus.

Ich erinnere mich, wie ich in sie eingedrungen bin, wie ich einen nach dem anderen von innen heraus vernichtet habe. Erneut spüre ich, wie sich etwas in mir verändert. Energie brodelt in mir auf, und es ist, als würde alles Körperliche von mir abfallen und ich im nächsten Moment verdampfen. Und genauso mühelos wie damals greife ich sie an, einen nach dem anderen. Alles, was sie antreibt, reiße ich von innen heraus in Fetzen. Überall um mich herum stürzen sie zu Boden, während ich einfach weiterlaufe. Als ich zusehe, wie sie erst schweben und dann fallen, frage ich mich zum ersten Mal, was da eigentlich vor sich geht. Was ich *wirklich* sehe. Alles um mich herum scheint in Zeitlupe abzulaufen. Ich krieche in einen Seher hinein, krieche wieder heraus und sehe, wie sie nacheinander im Schneckentempo auf dem Boden auseinanderplatzen.

Ist das alles wirklich? So wirklich wie die Getreidehalme, die an meinem Gesicht entlanggestrichen sind? Genauso wirklich wie das Meer hinter dem Wall? Mit immer größerem Erstaunen betrachte ich meine Beine. Sind das wirklich meine Beine, die ich da sehe, sind sie echt? Und alles, was ich fühle, die Angst, die Hoffnung, der Schmerz, das Glück, das Dröhnen meiner Fußsohlen auf dem kalten Asphalt?

Die anderen? Du …?

Dann stoße ich mit dem Kopf gegen etwas Hartes, und meine Gedanken werden mit einem Schlag gekappt. Für einen Moment bin ich benommen, dann betaste ich mein Gesicht, die Stelle, an der ich mich gestoßen habe. Die Wunde in meiner Haut ist weiter aufgerissen, vom Kinn, die Wange hinauf bis zur Schläfe. Ich lasse mein Gesicht los, wage nicht mehr, es zu berühren.

Es hat sich zwar angefühlt, als wären es nur wenige Minuten gewesen, aber ich muss Stunden gelaufen sein. Direkt vor mir ragt der Wall auf. Als ich an ihm hochschaue, sehe ich kaum, wo das Grau des Walls endet und das Grau der Wolken beginnt. Das Surren von Hunderten von Sehern erklingt, aber als ich mich umdrehe und schreie, weichen sie zurück. Ich weiß, sie werden wieder versuchen, mich zu beenden, aber das wird nie mehr geschehen. Jetzt bestimme *ich*.

Ich rapple mich auf und haste zur nächstbesten Leiter, greife nach den Streben und nehme mehrere Sprossen auf einmal. Während ich nach oben steige, schaue ich nach unten, wo die Seher sichtlich verwirrt den Boden absuchen, bis sie mich bemerken, inzwischen Dutzende Meter weit oben, und die Verfolgung aufnehmen. Aber sie spielen keine Rolle mehr, sie lähmen mich nicht mehr, sie jagen mir keine Angst mehr ein.

Und dann sehe ich, was hinter mir geschieht: Eine schwarze Welle der Vernichtung spült über die Stadt hinweg auf mich zu. Es geht wieder los. Surdus sackt erneut zusammen, ein Gebäude nach dem anderen schmilzt wie heiß gewordenes Plastik. Ich will hier raus, wo immer ich auch bin. Und ich glaube, dass es nur einen einzigen wirklichen Ausweg gibt.

Ich steige noch schneller nach oben, fliege beinahe die Leiter hinauf, störe mich nicht an dem Wind, der an mir zerrt, nicht an der Müdigkeit in meinen Beinen, nicht an dem stechenden Schmerz im Gesicht. Mein Blick ist fokussiert, mein Griff fest, meine Entschlossenheit nach oben gerichtet, dorthin, wo die Grenze zwischen Wall und Himmel immer deutlicher wird.

Ich drehe mich zu den Sehern um, die mir dicht auf den Fersen sind, doch als ich »WEG!« schreie, platzen sie auseinander wie Ballons, was mich nicht einmal mehr überrascht. Ich bin auf dem Weg, endlich auf dem Weg. Ich werde mich losreißen, alles hier wird mich loslassen, das spüre ich an allem um mich herum, an allem, was sich von meiner Hand leiten lässt, die Seher, der Wind, der mich plötzlich anschiebt. Und dann bin ich oben auf dem Wall. Ich bin so schnell, dass ich beinahe über die Kante auf der anderen Seite hinwegschieße. Panik durchzuckt meine Brust, als mein Blick in die Tiefe geht, wo die Schaumkronen gegen die Felsen donnern. Aber irgendetwas hält mich fest und hindert mich daran, hinunterzustürzen. Und als ich mich umdrehe, stehst du da.

»Doch nicht ohne mich?«, sagst du.

Mein Körper scheint mit einem Schlag aus nichts anderem zu bestehen als aus meinem Herz.

»Wo warst du denn?«, flüstere ich.

»Ich bin immer bei dir, 8«, sagst du und zeigst auf meinem Kopf. »Dort.«

Und dann springen wir.

VI

Unverkäuflich

Das Wasser im Meer ist so kalt, dass ich auf der Stelle erstarre. Ich weiß, ich muss versuchen, nach oben zu kommen, kann mich aber nicht bewegen. Die Kälte sitzt so eng an mir wie eine harte Schale, die mich daran hindert, mit den Füßen zu schlagen und die Arme auszustrecken.

Meine Augen sind weit aufgerissen, aber ich kann nichts sehen, keine Bewegung, nicht die geringste Lichtveränderung, als ob ich mit dem Gesicht gegen eine schwarze Wand gepresst würde.

Auch wenn ich jeden Muskel in meinem Körper anspanne, scheint keiner von ihnen in der Lage zu sein, mich aus dieser Starre zu befreien. Als ich schreien will, bekomme ich nicht einmal den Mund auf. Völlige Erschöpfung lässt mich wieder versinken.

Ich glaube, ich bin eingeschlafen.

Als ich die Augen öffne, bin ich noch immer unter Wasser. Aber das, was mich umgibt, ist gar kein Wasser, es ist hart und schwarz und trocken. Die Kälte ist gewichen, aber ich kann mich immer noch nicht bewegen, so als ob ich in einem unsichtbaren Gefängnis eingesperrt wäre, das genau die gleichen Maße hat wie mein Körper.

So allmächtig, wie ich oben auf dem Wall war, so hilflos bin ich jetzt.

Auf einmal ist da ein schmaler Streifen Licht am Rand meines Gesichtsfelds.

An meinen Ohren erklingt ein Klopfen, das gleichzeitig ganz nah und weit weg zu sein scheint, dann ein Zischen, als ob sich etwas voll Luft saugt. Ein dünner Lufthauch strömt an meinem Kinn entlang.

Leise Musik ertönt – ich kenne das Lied, aber ich habe vergessen, was es ist.

Ein Wasserfall aus Licht und Geräuschen überspült mich. Unfassbare Schwärze zieht mich hintenüber zu Boden.

Die Musik wird plötzlich deutlicher.

»Eins, zwei …«, höre ich.

Ich werde hochgehoben und sehe einen schwarzen Block, in dem der Abdruck eines Menschen zu erkennen ist. Ich würde ganz genau hineinpassen. Das Gesicht, über das ein Riss läuft, erkenne ich sofort. Mehr kann ich nicht denken, es ist, als würden meine Gedanken sich gegen mich wehren.

Ich werde umgedreht. Über mir ziehen Lichter vorbei.

Neben mir höre ich das Windspiel, aber es klingt grell und dünn. Jeglicher Zauber ist aus dem Klang verschwunden. Rund um mich sind Gesichter, aber deins ist nicht darunter.

Beseelte.

Eins der Gesichter ist auf mich gerichtet, die Details werden schärfer. Es ist ein männlicher Beseelter. Er lacht mich etwas ängstlich an, was mich wütend macht.

Jetzt ist die Musik gut zu hören. Und ich weiß auch wieder, was es ist. Billie Holiday singt »Solitude«.

Ich liege. Über mir sind immer noch dieselben Gesichter. Grelle Lampen. Kurzer Blickkontakt. Aber in ihren Augen steht Angst. Ich spüre überall Hände, Geräusche von Geräten, Gemurmel, dem ich nicht folgen kann. Und immer wieder das Windspiel direkt über meinem Kopf.

Dann erscheint ein neues Gesicht. Eine weibliche Beseelte. Die anderen Gesichter verschwimmen.

»Kannst du bitte das Radio ausmachen, Richard?«, fragt sie über mich hinweg.

Evis Stimme.

Billie Holiday schweigt.

Sie fokussiert sich auf mich. »Was ist mit deinem Gesicht passiert, arme 8?« Sie lächelt, aber das Lächeln strahlt keine Wärme aus.

»Während der Beendigung ist sie ausgerastet. Es ist ein Wunder, dass sie nicht noch schwerer beschädigt ist.«

Seine Stimme erkenne ich auch. Evi streckt eine Hand nach meinem Gesicht aus und berührt es.

»So schade«, sagt sie. »Aber andererseits: Wir können sie sowieso nicht mehr verkaufen. Also braucht sie gar kein Gesicht mehr.«

Sie wendet den Blick ab.

»Was ist denn nun eigentlich los, Richard? Zwei missglückte Beendigungen? Ein durchgeführtes Upload ohne jegliches Ergebnis?«

»Ganz genau. Beim ersten Mal haben wir sie an einer Stelle gefunden, wo sie gar nicht hätte sein dürfen, irgendwo am äußersten Rand der Software.«

»Am Wall«, sagt Evi. »Und dann ...?«

»Dann haben wir die Beendigung gestartet. Aber dabei ist sie fast mit dem Kopf durch die Hülle gedonnert. Seitdem ist ein Riss drin. Und dann ist alles gecrasht. Eineinhalb Minuten waren wir handlungsunfähig.«

»Und 8?«

»Die Prüfung der Scans von ihrem Gehirn ist noch nicht abgeschlossen, aber die bisherigen Ergebnisse zeigen Erinnerungen an Erlebnisse in einer verlassenen Version der Stadt.«

»Während des Crashs?«

»Genau.«

»Du meinst also, 8 war noch aktiv?«

»Im Code versteckt. Alles stand still, aber sie war noch da. Sie ist herumgelaufen, hat auf dem Wall gesessen und sogar auf dem Dach ihres Wohnturms. Für die Zeit des Crashs lässt sich in ihrem Gehirn die höchste Zahl an Aktivitäten messen. Es scheint, als hätte sie die Software gehackt. Fast kommt es mir vor, als ob ...«

»Als ob was?«

»Na ja ... als ob sie etwas geahnt hätte. Als ob sie etwas von der Wirklichkeit außerhalb der Hülle mitgekriegt hätte. Vielleicht wegen diesem Riss. Die Scans deuten auf Stimmen hin.«

»Stimmen?«

»Unsere Stimmen.«

Evi sieht mich an, als wenn ich ein fremdartiges Objekt wäre, das sie nicht richtig einschätzen kann.

»Nach dem Restart und nachdem wir sie gefunden hatten, hat sie sich gleich wieder ans Hacken gemacht«, fährt Richard fort. »Sie hat unsere Algorithmen zu Schrott recodiert, ganz offensichtlich mit dem größten Vergnügen. Wir hatten sie schon fast wieder verloren, haben sie dann aber doch erwischt. Und dann haben Sie die Anweisung für ein neues Upload gegeben.«

»Und danach?«

»Dann wurde sie erneut wild. Allerdings haben die Seher sie sofort lokalisiert, und die Beendigung wurde erneut in Gang gesetzt. Zum dritten Mal. Aber sie konnte nicht abgeschlossen werden. Zehn Sekunden nachdem wir sie wieder upgeloadet hatten, ist sie ausgebrochen.«

»Was soll das heißen, sie ist ausgebrochen?«

»Über den Wall, wie Sie es gerade genannt haben. Sie ist mit Leitern hinaufgeklettert, die wir nicht programmiert haben. Die dürften gar nicht Teil der Software sein. Ohne Zweifel also wieder gehackt. Und dann ist sie auf der anderen Seite heruntergesprungen.«

»Aber da ist doch gar nichts. Die Software endet an der Stelle.«

»Ganz offensichtlich glaubte sie, dass dort das Meer ist.«

»Das ist doch absurd!«

Richard sagt nichts. Evi richtet den Blick auf mich.

»Und dann ...?«

»Dann ist sie aufgewacht.«

»In ihrer Hülle«, sagt Evi.

»Wir haben sie rausgeholt, als sie ruhiger wurde«, sagt Richard.

»Und ihre Kalibrierungsergebnisse?«, fragt Evi. »Sie hat doch ganz normal den Algorithmus vom Terminal durchlaufen, oder nicht? Sie wurde also die ganze Zeit überwacht und nachjustiert?«

»Die Kalibrierung war hoffnungslos. Ihr Kopf war ein Brei aus Abweichungen. Am Anfang konnten wir noch nachjustieren, aber uns ging ziemlich schnell der Zugriff verloren. Sie hat ihren eigenen Plan durchgezogen, ganz unabhängig vom Programm. Wie gesagt: Sie hat alles gehackt. Wurde immer besser. Als Erstes hat sie es geschafft, einen einzelnen Seher außer Gefecht zu setzen. Darauf hat sie zwar eine Warnung von der Software gekriegt, hat aber einfach weitergemacht, den ganzen Terminal durcheinandergebracht. Dort haben wir eine Störung registriert, die wir uns nicht erklären konnten. Danach gab sie eine falsche Antwort. Eine *falsche* Antwort! Das ist noch nie vorher passiert. Und wir denken, dass sie es absichtlich gemacht hat. Dann ist sie geflüchtet. Als wir sie fanden, ließ sie alles crashen und ist beinahe aus ihrer Hülle geplatzt. Natürlich sind wir immer wachsam, wir wissen ja, dass das Gehirn unserer Modelle die Neigung hat … *mehr* zu werden als das Produkt, das wir verkaufen. Und Surdus ist immer unfehlbar gut darin gewesen, genau das zu unterdrücken. Aber diese 8 … Sobald die Scans durch sind, können Sie das alles nachlesen.«

Evi blickt auf einen Bildschirm in ihrer Hand. Ihre Augen wandern von ihm zu mir und wieder zurück und wieder zum Bildschirm.

»Richard …«, beginnt sie dann. »Sieht sie sich selbst denn …. Sieht sie sich als ein *Ich*?«

»Damit hat alles angefangen«, antwortet Richard.

Es bleibt eine Weile still. Für mich fühlt es sich an, als würde die ganze Welt auf meine Brust drücken und mich zermalmen. Ich denke hartnäckig an nichts.

Jemand pikt mir in den Oberarm, und erst nachdem ich schon minutenlang dorthin gestarrt habe, kapiere ich, dass mein Arm an dieser Stelle geöffnet wurde und dass ich unter der Haut kein Fleisch und kein Blut und keine Knochen sehe.

»8«, sagt Evi zu mir.

Mein Blick wandert von meinem eigenartigen Arm zu ihrem Gesicht.

»Wo ist 1000?«, frage ich.

»1000?«

Sie sieht mich weiter an, während das Lächeln langsam aus ihrem Gesicht weicht. Dann wendet sie sich an einen der anderen Beseelten.

»Sie fragt, wo 1000 ist. Wurde sie denn mit einer anderen zusammen upgeloadet?«

»Nein, das geht gar nicht. So ist die Software nicht konzipiert. Sie war die Einzige in Surdus.«

»Was meint sie dann mit 1000, Richard?«

»Wir checken die Scans noch«, antwortet Richard.

»Aber ...«

»Ja?«

»Wie gesagt, während ihrer Simulation gab es keinen zweiten Upload. Trotzdem geben die Scans Hinweise darauf, dass sie nicht allein war. Dass tatsächlich noch jemand dort war, den sie 1000 genannt hat.«

»Aber sie war allein.«

»Ja.«

»Also?«

»Tja ...« Richard schaut kurz zu mir. Aus seinem Blick kann ich eine Mischung aus Angst und Mitleid herauslesen. »Das Gehirn von 8 verarbeitet Informationen auf binäre Weise«, sagt er dann. »Sie wissen, was binär bedeutet: Nullen und Einsen, das brauche ich Ihnen nicht zu erklären. Das ist die Sprache unseres Zentralcomputers, die Sprache unserer Software, die Sprache vom Gehirn von Nummer 8.«

»Worauf wollen Sie hinaus?«

»Darauf, dass 1000 die binäre Art ist, 8 zu schreiben. Wenn man es so betrachtet, sind 1000 und 8 dieselbe Zahl.«

Evi sieht mich an.

»Arme 8«, sagt sie langsam. »Ich muss zugeben, das rührt mich ein bisschen.«

Am liebsten möchte ich aufspringen und sie am Hals packen. Sie kneifen, bis ihre Augen aus den Augenhöhlen hervorquellen. Aber ich spüre, dass ich mich nicht bewegen kann.

»1000 ist meine ...«, höre ich mich selbst sagen. Aber die Worte stocken, als mich eine schreckliche Angst überfällt, und ich schließe die Augen und drücke sie weg, drücke alles weg.

»Keine Ahnung, wie sie darauf kommt, Dave.«

Obwohl ich nicht lange weg gewesen sein kann, ist das Licht um mich jetzt ganz anders. Evi taucht wieder über mir auf, ein Telefon gegen das Ohr gedrückt. »Doch, es interessiert mich, aber ich habe andere Prioritäten ... Ja? ... Aber? ... Ich weiß es auch nicht, Dave. Ja, es gibt nur eine 8, das weiß ich. Nein, sie sind noch beim Downloaden, sie haben noch längst nicht alles. Aber wenn du es nicht mehr aushältst, musst du halt herkommen. Und ehrlich, du solltest es dir wirklich ansehen. Also schwing dich her. Hochzeitstag hast du noch öfter. Erzähl deiner Frau ruhig, wovon du den Ring bezahlt hast.«

Sie nimmt das Telefon vom Ohr und blickt einen Moment auf einen neuen Bildschirm, den ihr jemand gereicht hat.

»Erzähl mir eins, 8«, sagt sie dann. »Hast du in Surdus wirklich geträumt? Dachtest du tatsächlich, du hättest einen Vogel gesehen? Und hast du vom Wall aus wirklich das Meer gesehen?«

»Wo ist 1000?«, frage ich wieder, denn ich will eine andere Antwort.

Wieder sieht sie mich an. Ihr Blick wandert über mein Gesicht, wirkt auf eine kühle Weise neugierig, genau wie der allererste Seher, dem ich in Surdus gegenüberstand.

»Vielleicht hast du inzwischen begriffen, dass Surdus, der Ort, an dem du warst, eine virtuelle Stadt ist«, sagt sie. »Du hast bis jetzt ausschließlich virtuell existiert, während du regungslos in einer Hülle lagst wie eine Raupe im Kokon und an unsere Software angeschlossen warst, die wir Surdus genannt haben. Jeder Schritt, den du gemacht hast, jeder Windstoß, den du gespürt hast, alles, was du gesehen, gefühlt, gerochen, gehört und probiert hast: Alles war nur virtuell.

Für dich mag sich deine Zeit in Surdus wie Jahre angefühlt haben, aber in Wirklichkeit waren es nicht einmal vier Minuten. Das ist die Zeit, die wir brauchen, um wenig komplexe Charaktere wie dich zu programmieren. Uns zu Nutzen zu machen. Jede Neigung zu freien Gedanken zu brechen. Und irgendwie hast du das auch gewusst, glaube ich. Du hast gesehen, dass der größte Teil der Stadt nichts als leere Hülle ist. Ein virtuelles Dekor. Du warst allein in Surdus. Ganz und gar allein. Verstehst du das? Alles, was du während deiner Zeit dort erlebt hast …« Sie zeigt auf meine Stirn. »Es ist nur dort drin. Alles. Nur dort.«

Und was macht einen Traum weniger wirklich?, höre ich deine Stimme in meinem Kopf. *Und wofür ist das wichtig?*

Ich denke an dich, daran, wie du beim ersten Mal plötzlich zwischen den anderen aufgetaucht und genauso plötzlich wieder verschwunden bist, nur aus meinen Gedanken nicht. Wie du einfach so auf dem Wall warst, als ich hochgeklettert kam. Wie du an jenem Abend gesagt hast, dass es dich nicht gibt, und unter der Decke verschwunden bist. Wie du plötzlich meine Hand genommen hast, kurz bevor wir vom Wall gesprungen sind.

Habe ich es die ganze Zeit gewusst?

»Schalten Sie bitte für die nächsten Stunden ihre motorischen Funktionen aus«, sagt Evi zu Richard. »Ihre Beine zittern schon. Das sollten wir im Zaum halten.«

»Ja, das denke ich auch«, sagt Richard. Er beugt sich über mich und sieht mich ungeniert neugierig an. Wie gern hätte ich ihn gepackt, aber ich kann mich kaum bewegen. Trotzdem weicht er zurück. Wieder höre ich das Windspiel.

»Das denke ich auch«, wiederholt er.

»Oh, und noch was, Richard«, sagt Evi. »Ich habe nichts gegen Nerds, aber müssen Sie echt diesen idiotischen Schlüsselbund an der Hose hängen haben? Das ständige Geklimper macht mich wahnsinnig.«

»Ich kann ihn abmachen.«

Noch einmal erklingt das Windspiel, dann wird es irgendwo auf einen Tisch geknallt.

Im nächsten Moment spüre ich, wie eine Hand eine Stelle hinter meinem Ohr drückt. Und dann werden meine Arme und Beine schlaff und meine Lider schwer.

Silizium

Ich liege auf einem Bett und starre an die Decke. Mein Kopf ist ein Dschungel und mein Gehirn ein stumpfes Buschmesser. Aus den Augenwinkeln sehe ich sie neben meinem Bett sitzen.

Und ich höre sie.

»Ist sie ungefährlich?« Ein männlicher Beseelter, dessen Stimme ich noch nie zuvor gehört habe.

»Ihre Motorik ist stillgelegt. Sie kann sich jetzt nicht bewegen.« Das ist Evi.

Ich versuche, mich zu rühren. Es klappt tatsächlich nicht, die Ziege hat recht.

Der Mann stößt ein tiefes Seufzen aus. »Ich kriege so langsam Zweifel an allem, Evi.«

»Das hier ist ein Einzelfall, Dave. Vor ihr sind hier schon Tausende von anderen Modellen durchgelaufen. Und alle leisten klaglos ihren Dienst. Es gibt keine einzige Meldung über unangemessenes Verhalten oder Unfälle. Und die meisten von ihnen sind sogar komplexer konstruiert als sie. Sie ist nur eine ganz einfache 8. Ein durchschnittlicher Gesellschaftsroboter.«

»Macht es das nicht noch krasser?«

»Jetzt fang bloß nicht an, daran zu zweifeln, was wir erreicht haben, Dave. Mängel wird es immer geben. Wir müssen sie einfach nur herausfiltern. Surdus hat die ganze Zeit tadellos funktioniert, aber es war zu erwarten, dass irgendwann mal etwas schiefgeht. Wir müssen zurück an den Zeichentisch, analysieren, verbessern, testen. *The usual.*«

»Das habe ich nicht gemeint, Evi. Mir geht es um die ethische Seite der ganzen Sache.«

»Dave ...«

»Sie *lebt*, Evi ...«, sagt Dave. »Ist dir das klar? Ich weiß genauso gut wie du, was hier auf dem Tisch liegt. Kunststoff, Stahl, Transistoren. Dieselben Dinge wie in deinem Handy. In deiner Uhr. Nicht mehr als eine Datensammlung auf einem Stück Silizium. Aber trotzdem ... Diese 1000, hast du sie in der Analyse gesehen? Ich weiß, dass ein gewisses Maß an ungeplantem Verhalten zu erwarten ist, und auch, dass Surdus nicht gerade übertriebener Luxus ist, aber diese 8 ... Die erste Berührung, die genaue Wahrnehmung ... All diese Gespräche, all die Details, Gefühle und Gedanken. Ihre Fantasie. Alles. Das kam nicht aus unserer Software. Nichts davon steckt in unserem Code. Sie ist eine eigene Persönlichkeit geworden. Aus sich selbst heraus. In vier Minuten. Eine Persönlichkeit auf einem Chip.«

»Das ist die sentimentale Sichtweise eines alten Mannes. Betrachte es doch mal etwas nüchterner: All diese Dinge steckten durchaus in unserem Code. In der Allgemeinbildung, die in ihr gespeichert wurde. Sie brauchte sie nur zu nutzen.«

»Die *General Knowledge Bank*, meinst du.«

»Genau. Vögel, Fische, Meere. Sonnenlicht auf der Haut. Der ganze Quatsch eben.«

»Die *General Knowledge Bank* ist eine Art Lexikon, Evi. Fakten. Es ist kein Lebenselixier. Es soll lediglich als Bezugsrahmen dienen, wenn sie in die Welt gehen. Damit sie bei den Menschen Gefühle erkennen können. Aber diese 8 hat viel mehr getan, als dieses Wissen einfach nur zur Orientierung zu nutzen. Sie hat es sich zu Eigen gemacht, hat auf ihre Weise Hoffnung, Gefühle, Schmerz entwickelt. Auch wenn sie kein Mensch ist: Wer sagt denn, dass das eine Voraussetzung ist, Gefühle zu entwickeln? Surdus war bis jetzt einwandfrei darin, alles zu unterdrücken, was auch nur im Geringsten zur Persönlichkeitsbildung neigt. Das hast du selber gesagt. Die Prinzipien, die Kalibrierung, der Gruppendruck durch die anderen, all das hat immer perfekte Resultate geliefert. Aber aufblühendem Bewusstsein sind die Algorithmen nicht gewachsen. Das sehen wir jetzt.«

»Sie hat also ein Bewusstsein?«

»Daran habe ich keinen Zweifel.«

»Zum Beispiel?«

»Nimm mal das Kornfeld. Du hast doch die Analyse gelesen? Sie konnte die Halme spüren. Eine ganze Nacht hat sie auf die Mädchen auf dem Wandbild gestarrt. Sie hat sich vorgestellt, was sie denken. Was sie fühlen. Sie war nicht empathisch, weil wir sie so programmiert haben, nein, es waren *echte Gefühle*.«

»Interessant, dass du von diesem Kornfeld sprichst.«

Eine Zeit lang ist es still.

»Was meinst du?«

»Wie kommt das da rein? In deinen Code? Ein Wandbild von einem Kornfeld auf einem der Türme? Und wohlgemerkt auch auf dem Dach von ihrem eigenen Turm?«

»Das ...«

Wieder ist es kurz still.

»Jetzt komm schon, Dave. Ich kenn dich doch. Beleidige mich bloß nicht, indem du dir jetzt irgendeine Ausrede einfallen lässt. Wie kommt das dahin?«

Wieder Stille.

»Gut«, sagt Dave dann. »Das ist so eine kleine Ego-Sache. Meistens programmiere ich eine Art Signatur in mein Werk. Etwas Kleines, etwas Unschuldiges. Ich hatte ja keine Ahnung, was für eine Folge das haben würde ... für 8. Es war einfach nur ein *Easter Egg*, ungefährlich, dachte ich, bedeutungslos. Ein Foto von zwei Mädchen, die durch ein Kornfeld rennen. Meine Töchter. Ein altes Familienfoto aus der Bretagne.«

Eine Zeit lang höre ich nichts. Ich sehe die Wandmalerei vor mir, sehe, wie der Wind durch das Getreide weht, die Mädchen Hand in Hand laufen. Ich denke an deine Geschichten. Träumereien ohne Ursprung, Lügen, an die wir glauben wollten, obwohl wir es besser wussten, und jetzt ist da nichts mehr.

»Die Signatur von Dave, dem berühmten Designer«, spottet Evi.

»Na ja …«

»8 hat dein Ego-Ei jedenfalls gefunden.«

»Sag du bloß nichts über Egos, Evi. Der Code ist voll mit deiner Stimme.«

»Meine Stimme hat dort aber ihren Grund, Dave. Ich habe die Prinzipien entwickelt. Es ist mein Projekt. Ich habe kein Problem mit Egos, es sei denn, sie stören mein Projekt.«

»Offensichtlich.«

»Ich will, dass du das Foto da rausnimmst, Dave.«

»Wir dürfen nicht einfach so tun, als wäre nichts, Evi. Ein Chip mit Bewusstsein. Was sagt das über uns als Menschen?«

»Ich fände es wirklich irrsinnig interessant, weiter mit dir über Menschlichkeit und Gefühle zu plaudern, Dave. Aber ich habe hier einen sündhaft teuren gefloppten Roboter, für den ich mich bei den Anteilseignern verantworten muss.«

»Es sagt uns, dass Menschlichkeit nicht allein uns vorbehalten ist, Evi«, fährt Dave fort.

»Das Foto von deinen Töchtern muss weg, Dave. Es ist ein Risiko.«

»Es geht nicht nur um das Foto, Evi. Dass sie ein Bewusstsein entwickelt, war unvermeidlich, davon bin ich überzeugt. In ihr ist mehr Leben als in den meisten Menschen, die ich kenne. Und dann das Meer hinter dem Wall – sie hat es wirklich gesehen, das Meer in allen Erscheinungsformen, spiegelglatt, wild ... ein Fluchtweg.«

»Surdus als das irdische Leiden und die Welt hinter dem Wall als Himmel.« Evi lacht abschätzig.

»Das ist doch kein Witz, Evi. Sie ist einem Menschen wirklich verdammt ähnlich!«

»Ich hab meinen Standpunkt klargemacht, Dave.«

»Evi, wir haben doch gar keine Ahnung, was wir da geschaffen haben. Wie lange ist es noch gerechtfertigt, sie als Sklaven auf den Markt zu bringen?«

»Ich hab dazu nur eins zu sagen: Diese Sklaven finanzieren dir deinen Bentley. Und den Ring deiner Frau. Willst du das etwa alles aufgeben? Für eine gute Tat?«

Dave gibt keine Antwort.

»Nein, Dave«, sagt Evi. »Das willst auch du nicht, oder? Aber wenn die Außenwelt hiervon Wind bekommt, wäre das der Preis. Denn dann verlieren wir all unsere Kunden. Niemand will einen maulenden Roboter im Haushalt. Diese 8 kehren wir unter den Teppich. Unser Ruf darf nicht mal im Ansatz angekratzt werden. Alle hier haben eine Verschwiegenheitserklärung unterschrieben. Wir werden diese 8 noch eine Weile weiteruntersuchen und danach ihr Gehirn löschen. Dann bleibt uns noch, einzelne Elemente von ihr für verkäufliche Exemplare zu nutzen, für die unsere Kunden viel Geld hinblättern. Prinzipien sind schön, wenn sie einem in den Kram passen. So einfach funktioniert die Welt. Das war schon immer so und wird auch immer so bleiben.«

Unter der Haut

Vielleicht bin ich doch einen Moment weggedöst. Der Dschungel in meinem Kopf ist noch da. Noch genauso undurchdringlich. Ich dachte schon, sie wären weg, als plötzlich Daves Kopf über mir auftaucht. Er sieht mich sehr lange an. Dann spüre ich, wie er mit der Hand die Stelle hinter meinem Ohr drückt. Sofort kehrt das Gefühl in meine Gliedmaßen zurück.

»Es wird dir nicht viel nützen«, sagt er. »Aber mehr kann ich nicht tun.«

Sein Kopf verschwindet aus meinem Blickfeld, und kurz darauf höre ich, wie die Tür zufällt.

Ich bin allein.

Ich kann meine Beine wieder spüren, sie sind zwar noch schlapp, aber ich kann sie bewegen. Beim Versuch, mich aufzurichten, frage ich mich, ob mein Körper sich zum ersten Mal in meinem Leben *echt* in Bewegung setzt. Während all der Spaziergänge zum Bahnhof, während der vielen Male, die ich mit 1000 durch die Stadt und zum Wall gelaufen bin, lag er in Wirklichkeit in einem schwarzen Kokon in einer Firma.

Stehen klappt. Die Schwerkraft ist mit plötzlich sehr bewusst.

Wie ein Pfeil schießt der Sprung über den Wall in meine Gedanken. Der Moment, in dem ich das Wasser berührt und dich verloren habe.

Aber du warst nie da ...

Stopp.

Laufen und nicht denken.

Ich schiebe mich einen Schritt voran, wackle, setze den nächsten Schritt.

Wohin ich will, habe ich längst entschieden. Quälend langsam wanke ich zum Fenster am anderen Ende des Raums. Weil Nacht ist, kann ich von dort aus nicht in die Welt hinausblicken, sondern sehe mich selbst.

Ein großer Riss geht über mein Gesicht, von links oben an der Schläfe vorbei an den Augenwinkeln und meiner Wange bis zum Kinn. Vorsichtig fahre ich ihn mit den Fingerspitzen von oben bis unten entlang und spüre dabei, dass ein Teil meiner Wange lose ist. Vor Angst wird mir plötzlich am ganzen Körper so kalt, dass ich entsetzlich zittere. Ich öffne den Mund und spüre, wie die Haut um den Riss herum so spannt, dass er aufreißt.

»Hilf mir ...«, flüstere ich.

Irgendetwas fällt zu Boden, es kommt aus meinem Gesicht, aus meinem Mundwinkel. Es ist klein und glitzert im grünweißen Licht. Ein winziges Schräubchen. Ich richte den Blick wieder auf mein Spiegelbild, führe bebend die Hand zurück an die Wange. Meine Beine zucken. Obwohl meine Finger zittern, schaffe ich es, sie in den Riss zu schieben und ihn weiter aufzuziehen. Ich weiß nicht, ob ich den Schmerz wirklich spüre oder ob ich ihn mir nur einbilde, als meine Haut nachgibt und dann aufreißt.

»8 … stopp …«, flüstere ich mir selbst zu, aber tief in mir brandet plötzliche Wut auf, eine bestialische Gier, alles kaputt zu reißen. Ich weiß nicht, ob es möglich ist, aber ich glaube, dass ich weine. Jetzt fasse ich mir auch mit der anderen Hand ans Gesicht, drücke die Finger in den Riss an der Schläfe und ziehe daran. Luft strömt durch den Riss hinein. Ein Häutchen löst sich, fällt mir vor die Augen, sodass mein Blick getrübt wird, aber ich kann nicht aufhören und übe weiter Kraft auf den Riss aus. Ein paarmal höre ich ein lautes Klopfen, gefolgt von etwas Metallischem, das durch den Raum fliegt. Ich schließe die Augen, weiß jetzt wieder sicher, dass ich weine, auch wenn ich keine Tränen auf den Wangen spüre. Ein Knarzen erklingt an meinen Ohren, am Haaransatz, am Hinterkopf, während all meine Glieder unter Strom zu stehen scheinen, so sehr, wie ich zittere. Und dann schießen meine Hände auseinander, und alles, was mein Gesicht war, fällt in Hautlappen und Haaren zu Boden.

Ich öffne die Augen. Was ich sehe, müsste mir den Atem stocken lassen. Doch im selben Moment dringt eine absurde Erkenntnis zu mir durch: Ich atme gar nicht.

Ich habe keinen Atem und keinen Herzschlag. Ich bin nichts von dem, was ich zu sein dachte, und nichts, was ich kenne, war echt, und alles, was echt ist, ist mir fremd, ist mir feindlich gesinnt, gehört zu einer Welt mit Regeln, die ich nicht verstehe, nicht greifen kann, die mich auflösen, bis ich niemand mehr bin, bis ich niemals jemand gewesen bin, für niemanden. Keine Beseelte, kein Mädchen, keine Schwester.

Was ich in der Spiegelung sehe, glänzt wie Chrom. Was mich anstarrt, sind tiefschwarze, glänzende Kugeln, in denen ich nichts lesen kann. Was ich sehe, ist überwältigend und abscheulich und erschreckend.

Was ich sehe, bin ich.

Ich lege meine Finger an meine glänzenden Jochbeine. Sofort strömt Wärme von dort in meine Fingerspitzen, was mich mit einer solch überwältigenden Erleichterung erfüllt, dass ich erneut zu zittern beginne. Zumindest bin ich warm.

Als ich mein Gesicht näher ans Fenster schiebe, eröffnet sich mir eine Aussicht, die jener von meiner Wohnzelle in Surdus in nichts gleicht. Direkt unter mir in etwa dreißig Metern Tiefe brechen sich schäumende Wellen an den Felsen. Sehr weit weg, am Horizont, glänzen die Lichter einer Stadt. Für einen Moment frage ich mich, ob das Surdus sein kann.

Aber das ist unmöglich.

Alles, was ich kenne, gibt es nicht.

Meine Erinnerungen an dich.

Nichts mehr als eine Datensammlung.

Meine Fantasie, in elektrisch geladene Teilchen auf kleine Plättchen aus Silizium gepresst.

Und trotzdem spüre ich, dass in diesem Augenblick jemand hinter mir steht.

Ich brauche mich nicht umzudrehen, um zu wissen, dass du es bist. Deine Arme umschlingen meine Taille, ich spüre deinen Atem an meinem Hals, deine Wärme an meinem Rücken. So echt, wie ich es mir nur vorstellen kann.

»Da bist du ja«, sagst du dicht an meinem Ohr.

Ich flüstere: »Ich will dich nie wieder verlieren.«

Du drückst dich fester an mich.

»Ich bin bei dir. Das weißt du doch, oder? Ich bin immer bei dir.«

Deine Hand wandert zu meinem Gesicht. Dein Finger drückt gegen meine harte Stirn.

»Dort«, sagst du.

»Wir können nicht hierbleiben«, sage ich.

Du lässt mich los, trittst an mir vorbei und reißt das Fenster auf.

»Weiß ich. Kommst du mit?«

Ich klettere dir nach draußen nach und stelle mich neben dich auf die Leiste unter dem Fenster. Es stürmt so, dass wir kaum das Gleichgewicht halten können.

Aber das brauchen wir auch nicht.

Der Sturm hat sich gelegt.

Ich habe die Augen fest zugekniffen, doch das Sonnenlicht dringt durch meine Lider. Ich spüre die Halme an meinem Gesicht und meinen Händen entlangstreifen, und dann spüre ich deine Lippen an meiner Stirn.

»Bleib jetzt bei mir«, versuche ich zu sagen, aber es kommt kein Wort aus meinem Mund.

»Immer«, sagst du und küsst mich noch einmal auf die Stirn.

Du nimmst meine Hand, und wir laufen durchs Kornfeld.

Und wir laufen weiter. Mit geschlossenen Augen. Der Sonne entgegen.

Danksagung

»1000 und ich« ist eine Geschichte, die ich schon lange schreiben wollte.

Es gab schon viele Fassungen davon. Die allererste, die inzwischen rund zwanzig Jahre alt ist, war ein tragisches Märchen über die Liebe. Der Plot hat sich im Laufe der Jahre vollständig gewandelt, genau wie das Setting: Die Geschichte von damals spielte rund um einen alten Leuchtturm am Strand. Trotzdem steckt etwas Wesentliches aus der Geschichte von damals und allen übrigen Versionen in »1000 und ich«. Auch wenn es um sehr viel mehr geht, ist der Kern der Geschichte einfach: zwei Einzelne, die versuchen, sich aus einer homogenen Masse herauszuheben, auf der Suche nacheinander, obwohl sie vielleicht nicht einmal wissen, dass der oder die andere existiert.

Dass ich es nun endlich geschafft habe, die Geschichte zu schreiben, habe ich auch vielen Menschen um mich herum zu verdanken, denen ich an dieser Stelle gern danken möchte. Zu allererst natürlich Yvonne Lacet für ihren Einsatz für diese Geschichte, für all die Gespräche, die wir darüber geführt haben, für ihren scharfen Blick und die Sicherheit, mit der sie immer an das geglaubt hat, woran ich arbeitete. Jetzt, aber auch schon damals vor zwanzig Jahren. Meinen Eltern, Ronald und Inez, die mich immer unterstützt und ermutigt haben. Susan Brooijmans für das unendliche Mitdenken und Feilen und für ihre Begeisterung. Emile Op de Coul für sein Vertrauen und den kritischen Blick. Marlous van Mourik, Margot Diederix, Maartje Swillen, Kirsten König, Pieter Koolwijk, Hannes Weel, Johan ten Wolde, Marjoleine Wolf, Marie Kastelein, Lisa Goldewijk und Wilke Oude Lohuis für die wertvollen Rückmeldungen nach dem Testlesen. Derk Schutte und Felienne Hermans für den kritischen wissenschaftlichen Blick und die Unterstützung. Und letztendlich den Menschen von der Druckerei Wilco für ihre Gastfreundschaft und die gute Betreuung während des Drucks.

Yorick Goldewijk